5
Author
ハヤケン
Illustrator
Nagu
「こういう所で食べるお鍋は、いつもより美味しい気がするね」
「場所が味を引き立てるってやつね。同感～♪」
Inglis
遥か未来で美少女に転生した元英雄王。
現在は北国アルカードに
潜入任務中。
英雄王、
武を極めるため転生す
そして、世界最強の見習い騎士♀
ラフィニア（ラニ）
Rafinha
イングリスの幼馴染で侯爵家の娘。
イングリスと一緒に
潜入任務中。
JN035105

アルカードでの潜入任務中、それはもちろん
寝食を共にするということで――!?

「ごきげんよう。
ちょっとお借りしますね？
そして――さようなら」
ティファニエ
Tiffanyer
北国アルカードに派遣された天恵武姫。
イングリスに負けず劣らずの
美貌の持ち主。

英雄王、武を極めるため転生す
～そして、世界最強の
見習い騎士♀～ 5

ハヤケン

HJ文庫
932

口絵・本文イラスト　Ｎａｇｕ

Eiyu-oh,
Bu wo Kiwameru tame
Tensei su.
Soshite, Sekai Saikyou no
Minarai Kisi “♀”.

CONTENTS

005 — 第1章
15歳のイングリス 悪の天恵武姫《ハイラル・メナス》 その1

046 — 第2章
15歳のイングリス 悪の天恵武姫《ハイラル・メナス》 その2

087 — 第3章
15歳のイングリス 悪の天恵武姫《ハイラル・メナス》 その3

130 — 第4章
15歳のイングリス 悪の天恵武姫《ハイラル・メナス》 その4

189 — 第5章
15歳のイングリス 悪の天恵武姫《ハイラル・メナス》 その5

235 — 番外編
恐怖！　増えるイングリス

244 — あとがき

第1章 ♦ 15歳のイングリス　悪の天恵武姫　その1

ビュウウゥゥ――――ヒュウウゥゥゥ――――

雪混じりの寒風が、甲高《かんだか》い音を立てて吹《ふ》き抜《ぬ》けていく。

夕暮の茜色《あかねいろ》が、周囲の木々を彩《いろど》る雪を染め上げていた。

ここはイングリス達《たち》の国、カーラリアのはずれ。

北の隣国《りんごく》アルカードとの国境付近だ。

今でも十分寒いのだが、これから夜を迎《むか》えますます気温が下がって行くだろう。

「ふう――大分寒いわね。こんなに冷えるのって初めてだわ」

レオーネは身震《みぶる》いしながら、木の間から見える山砦《さんさい》の様子を窺《うかが》う。

あれはアルカード軍の所有する国境警備用の拠点《きょてん》らしい。

これから国境を越《こ》えて、アルカード領内に潜入《せんにゅう》する事になる。

こちらは一機の機甲親鳥《フライギアポート》を移動拠点とし、接続可能な機甲鳥《フライギア》を複数、艦載機《かんさいき》として搭載《とうさい》。

その中にはイングリス達の私物の星のお姫様号《スター・プリンセス》もある。

更《さら》に積み荷として、食糧類も山盛りに搭載――という小隊編制である。

これを一言で言うと、結構目立つ。

明るいうちに機甲親鳥《フライギアポート》で飛んで行ってしまうと確実に見つかるだろう。

よって夜の闇《やみ》に紛《まぎ》れて国境越《ご》えを行うべく、ここで待機中なのだ。

「そうですわね――風が冷たくて頬が痛いですわ」

そうリーゼロッテが言う。

防寒対策はしっかりとし、もこもことした毛皮の服や、耳当てもしているのだが――

それでも不慣れな寒さは身に染《し》みるのだ。

「平野を避《さ》けて山側に回りましたから……平野の街道《かいどう》沿いなら、今の時期はもう少し暖かいんですけど」

プラムの言葉は、流石《さすが》はアルカードの出身という内容である。

「仕方がないわね……そっちにはアルカード軍が集結中みたいだし――」

アルカード軍が集結しているという平野部は避け、山間部の国境に回って来たのだ。

が、ここにも点在する砦があり、行動には慎重《しんちょう》さが要求される。

平野部に集結中のアルカード軍は、今はまだ動き出していないようだった。

　ここでこちらが見つかってしまい、下手にアルカード軍を刺激《しげき》してしまうと、平野部の大部隊に連絡《れんらく》が行き、予定を早めて動き出してしまうかも知れない。

　そうなると、国境に向けて動き出し始めているはずのカーラリア軍との衝突《しょうとつ》は避けられない。

　あちらは、カーリアス国王直属の近衛騎士団《きしだん》と各地の領主達の所有する騎士団の連合部隊である。

　そこには、イングリス達の故郷ユミルの騎士団を率いたビルフォード侯爵《こうしゃく》も参加している。

　お互《たが》いの軍が激突《げきとつ》し消耗《しょうもう》してしまう前に、こちらの小隊がアルカード国内に潜入し、政変やあるいは国上層部の意見の変化を促《うなが》し、アルカード軍を撤退《てったい》させる。

　それが今回の作戦の目的である。

　国上層部への繋《つな》ぎ役は、ラティがいるため問題ない。

　彼《かれ》は身分を隠《かく》していたが、アルカードの王子なのだ。これ以上の適任は無いだろう。

　これはイングリスが発案した作戦だが、上手《うま》く行けば戦争状態を防ぐ事が出来る。

　そこで失われるはずだった多くの騎士や兵士達や、踏《ふ》み荒《あ》らされて散ってしまう無辜《むこ》の民の命を救う事に繋がるのだ。

イングリス自身は単にアルカードに存在するはずの軍の強者や、天上人《ハイランダー》や、虹の王《プリズマー》や、とにかく何でもいいので何かと戦いたいだけだ、とラフィニアは分析《ぶんせき》していたが——

そこはまあ言っても仕方がないので放っておくとして、レオーネにとってはこの作戦はとても意義深いもの、重要な使命だと思える。

だから、寒いからと言って甘《あま》える事など許されない。

「——少し体を動かしておこうかしら。いざという時に動けなくても困るし」

レオーネは黒い大剣《たいけん》の魔印武具《アーティファクト》を構えて、素振《すぶ》りを始めようとする。

そんな彼女《かのじょ》に声をかけたのは、ラフィニアだった。

「レオーネもリーゼロッテも、寒いんだったらこれ食べればいいじゃない。あったまるわよ！」

にっこり笑顔《えがお》の傍《かたわ》らには、一体何人前だと言いたくなるような巨大《きょだい》さの大鍋《おおなべ》が鎮座《ちんざ》。

イングリスとラフィニアが、鍋が小さいと何度も作る手間が面倒《めんどう》と言い、特注して来た野戦行軍用の巨大鍋である。

そこには具沢山《ぐだくさん》の魚介《ぎょかい》のスープが、ぐつぐつと煮《に》えていた。

「寒い時には、温かいものを食べるのが一番だよ？」

イングリスもたおやかな笑みで、二人に呼びかける。

「……もう食べたわよ――――！」

「お腹一杯《なかいっぱい》ですわ……！」

普通《ふつう》の人間は、イングリスとラフィニアのように、延々食べ続ける事など出来はしないのである。

だからそれ以外の手段で、体を温めようというのだ。

「そう？　じゃああたし達が残りもらうわね？」

「こういう所で食べるお鍋は、いつもより美味《おい》しい気がするね」

「場所が味を引き立てるってやつね。同感～♪」

そんな二人の様子に、ラティはただただ乾《かわ》いた笑みを浮《う》かべていた。

「ははは――いきなりそんな大量に食料消費して、最後まで足りるのか……？」

「まあ、途中《とちゅう》で買い足せばいいわよ！」

「国王陛下から貰《もら》った軍資金はまだあるし――せっかくだからその土地のものを食べたいしね」

「そうそう、そのために美味しいものの情報は調べたし！」

「――もっと別に調べるものがあると思うんだけどなあ……」

とそこに、横からおずおずと問いかけて来る少年が。

勿論《もちろん》ラティではなく——イアンだ。

前回の事件の時、天上領《ハイランド》の技術で無数に複製されたイアンの中で、唯一《ゆいいつ》ユアが持って帰るため、と言って救い出していた一人だ。

事実ユアに持って帰られそうになっていたが、助け出して今回の作戦に同行をしてもらっている。

現在のアルカード国内の事に、一番詳《くわ》しいのが彼だからだ。

彼の行った事は罪ではあるのだろうが、元々アルカードの王子であるラティに対しての悪意は無く、また反省している様子も見える。

なので危険は無いだろうと、イングリスだけでなく皆《みな》が判断した。

もしあったとしたら、イングリスとしてはそれはそれで歓迎《かんげい》するが。

手強《てごわ》い敵はいくらいてもいい。ただし、ラフィニアに手を出さなければ——だが。

「あの、イングリスさん、ラフィニアさん。追加でお野菜を入れますか？」

「うんお願い、イアン君！」

「お魚もお願いします」

「はい、分かりました。用意しますね」

イアンはせめてもの罪滅《つみほろ》ぼしにと、甲斐甲斐《かいがい》しく色々と働いてくれる。

正直こういう状況《じょうきょう》では、非常に助かっているのだ。

「よーし、この辺の何処《どこ》で食べたら一番美味しいか試《ため》してみるわ！　あっちの崖《がけ》とか」

「落ちちゃダメだよ？　わたしは木の上で食べてみようかな」

「あっ！　高い所に上ったら美味しい理論？　じゃああたしは機甲鳥《フライギア》に乗って食べようかな」

「それは止《や》めた方がいいわよ、目立つから！」

流石にレオーネが慌《あわ》てて止めた。何のために隠れているのか分からなくなる。

そんな調子で、イングリスとラフィニアは完全に日が落ちるまで食べ続けていた。

◆◇◆

そして翌日――イングリス達はアルカード領内に入っていた。

国境近くの街、ツィーラの近くまでやって来たのは夜明け頃《ごろ》。

秘《ひそ》かにアルカード中枢《ちゅうすう》まで侵入《しんにゅう》しようとするならば、夜陰《やいん》に紛れて行軍し、明るい昼間は身を隠している方がいい。

だが、アルカード国内の状況、あるいは国境に集結しつつある両国の軍勢の状況次第《じょうきょうしだい》では、もっと急いで進んだ方がいいかも知れないし、やはり慎重に進む方がいいのかも知れない。

つまる所――決めかねるという事だ。

ならば判断材料を揃《そろ》えなければならない。情報収集が必要である。

という事で、イングリス達は街の郊外《こうがい》の林に機甲親鳥《フライギアポート》と機甲鳥《フライギア》を隠し、ツィーラの街に入る事にした。

「よーし、街街～！　確か辛《から》いものが美味しいのよね～♪」

「体も温まるし、ちょうどいいね」

「あーお腹空《なか》いた～。急ぐわよ、クリス！　来た事ない街ってワクワクするわよね～」

「うん、そうだねラニ。どんな美味しいものが食べられるのかなって思うしね」

食欲を漲《みなぎ》らせる二人に、レオーネがふうとため息を吐《つ》いた。

「二人とも、食べ歩きに来たんじゃないわよ。ちゃんと情報収集を――」

「ふふっ。甘いわねレオーネ」

「？」

「いかにも情報収集しに来ましたって感じだと、逆に怪《あや》しまれるのよ」

「ここは本気で食べ歩きに来た観光客を装う方が、むしろ自然――だよね、ラニ？」

「そうそう。だから街で食べ歩くのも食事当番が面倒臭《めんどうくさ》かったわけじゃないし、テントで寝《ね》るのが寒くて嫌《いや》だから宿で仮眠《かみん》しようってわけじゃないのよ！」

「……もう。食事当番はちゃんとやりなさいよね。みんなで順番よ？」

「あたし達が料理するより、レオーネの料理のほうが美味しいんだけどなあ――」

レオーネは故郷のアールメンの街でよく自炊《じすい》をしていたらしい。

彼女の兄のレオンが聖騎士を捨て血鉄鎖《けってつさ》旅団に走った事により、裏切り者の家と蔑《さげす》まれるようになった実家のオルファー家からは、人が去って行ってしまったのだ。

必然、レオーネは身の回りの事は自分でせざるを得なくなり――料理の腕《うで》も上がったというわけだ。

昨日の待機中に食べていた鍋料理も、レオーネが仕込んでくれたものだった。

「おだてても騙《だま》されないわよ？　行軍中にちゃんと食事を摂《と》って体調を整えるのも騎士の務めよ。だから料理も訓練しないとね？」

「でも、騎士アカデミーで料理の訓練なんてないけどね」

「わたくしも料理は得意ではありませんから、ここは街で食事を摂るほうが助かりますわね……」

「リーゼロッテまでそんな事言うんだから」

レオーネがため息を吐く。

「お、リーゼロッテは話が分かるわね～」

「ええ。わたくしの料理を皆さんにお出しして――お腹を壊《こわ》して倒《たお》れられたら大変でしょう？」

「えぇっ⁉　ど、どういう事よそれは……？」

「いえ、以前実家でお父様に手料理をお出しして、お父様が体調を崩《くず》された事がありましたので――」

「た、たまたまじゃない？　料理のせいじゃなくて、アールシア元宰相《さいしょう》が元々体調が悪かっただけで――」

「ですが、一度や二度ではありませんので――」

「そ、そうなんだ――」

「アールシア元宰相も大変だね――」

娘《むすめ》のために何度も体を張るあたり、厳格な堅物《かたぶつ》のように見えたが案外子煩悩《こぼんのう》なのかも知れない。

だとしたら、イングリスとは分かり合えるだろう。親心というやつだ。

娘ではなく孫娘《まごむすめ》のようなものだが、イングリスにとってもラフィニアが可愛《かわい》い。

ラフィニアのために体を張るなど何でもない。

心の底から、彼女の幸せを願っている。

ただし、不順異性交遊には断固反対するが。

ラフィニアにはまだそんな話は早いのだ。

「だ、大丈夫《だいじょうぶ》ですよ。僕《ぼく》もお手伝いしますから。おかしな所があればお教えしますので」

と、話を聞いていたイアンが申し出る。

イアンは毛皮のフードを目深《まぶか》に被《かぶ》り、顔が見えないようにしている。

このツィーラの街はアルカードの貴族であるイアンの実家の領地に近く、住民の中にはイアンの顔を知っている者がいるかも知れない、という所を警戒《けいかい》してのものらしかった。

彼の隣《となり》にいるラティも同じように、フードで顔を隠している。

彼はこの国の王子なので、イアン以上に気を付けるべきだろう。

更にその隣のプラムは、顔を隠さず普通にしているが。

「助かりますわ。よろしくお願いしますわね」

「はい。僕に出来る事ならば、何でも。せめてもの罪滅ぼしですから……」

「まぁとにかく、お腹空いたし食べに行くわよ！　食べたらあったかい部屋のベッドで寝るわ！　寝不足《ねぶそく》はよくないし！」

「じゃあ、食堂のある宿が手っ取り早いね」

「うん、クリス。お、あそこはどう？」

「うん、いいんじゃない？」

「よしじゃあ早速《さっそく》！」

「あ、ラニ。足元が雪で滑《すべ》るんだから、あんまり急いだらこけるよ？」

「きゃーっ⁉」

「ああもう、言った傍《そば》から――」

「ははは。どう見てもはしゃいでる観光客だなぁ、完璧《かんぺき》な演技だぜ」

そんなイングリス達の様子を見て、ラティが乾いた笑いを浮かべていた。

そこまでは、別に何の問題も無かったのだが――

「ごめんね、せっかく来てもらって悪いんだけれど、今は食事はやってないんだよ。食糧《しょくりょう》不足なんだ。ウチだけじゃなく、この街の他《ほか》の食堂もみんなそうだよ」

宿の女将《おかみ》は、顔を曇《くも》らせて深くため息を吐き、そう言ったのだった。

「「ええええええっ⁉」」

ぐぎゅぎゅぎゅぎゅ～～！

イングリスとラフィニアの悲鳴と、お腹の鳴る音が同時に響《ひび》いた。

「しょ、食堂……やってないんですか⁉」

「しかも他のお店も全部……⁉」

名物の激辛《げきから》料理を楽しみにしていたのに――これは衝撃的《しょうげきてき》だ。

「ああ、そうなんだ。宿泊《しゅくはく》はやってるから、部屋は用意できるけど……どうする？」

「他も一緒《いっしょ》なら、とりあえず休む場所だけでも確保――するしかないわよね？」

「うん、そうだね――」

イングリスが頷《うなず》くと、他の皆《みな》も同じように頷いていた。

夜間の移動のため昨晩は眠《ねむ》っておらず、休みたいというのは皆一緒《いっしょ》である。

「ですが、どうしてそんな食糧不足が起きているんですか？　何か大きな災害でも？」

「いや――天上領《ハイランド》への献上品《けんじょうひん》にするんだって、殆《ほとん》ど食糧を持って行かれちまったんだよ……おかげで店に出す食材はおろか、普通に食べるものにも困るような羽目になっちまってねえ――私も昨日から何も食べてないよ」

ぐう～！

今鳴ったこの音は、イングリス達のものではない。女将のものだった。

「あらやだ恥《は》ずかしい──ごめんなさいね、みっともなくて」

「大丈夫です！　あたし達も──！」

「一緒ですから──」

ぐぎゅぎゅ～～！

「あははは、若い子はお腹の音も元気がいいねぇ」

女将の表情が、少しだけ明るくなったような気がした。

「だけど酷《ひど》いわね──こんな状況になるまで食糧を取り上げるだなんて……」

「虹の雨《プリズムフロウ》が増えて、虹の王《プリズマー》らしき魔石獣《ませきじゅう》まで出て来るようになったから、魔印武具《アーティファクト》を増やして、できれば天恵武姫《ハイラル・メナス》も欲《ほ》しい……そのしわ寄せだね」

当然、ただでは魔印武具《アーティファクト》や天恵武姫《ハイラル・メナス》は手に入らない。

かと言って、無理なくそれらを手に入れられるはずもない。

簡単にそれらが揃うならば、今までもそうしているはずだ。

どこかにしわ寄せが行くのは確実。そしてそれが、今目の前の状況だ。

「そんなのってないわよ。魔印武具《アーティファクト》も天恵武姫《ハイラル・メナス》も、この国の人達を魔石獣から守るためでしょ？　それなのに、その守るべき人達から食糧を取り上げて、飢《う》えさせて苦しめるの？」

「無い袖《そで》は振《ふ》れないから――ね」

人々が飢えるほどに、食糧を徴発《ちょうはつ》するのもそう。

軍を動員して、カーラリアへの攻撃《こうげき》に乗り出しているのもそうだろう。

それらを代償《だいしょう》として、魔印武具《アーティファクト》や天恵武姫《ハイラル・メナス》を手にする方向にこのアルカードの国は舵《かじ》を切ったのだ。

「……気に入らないわね、そんなの違《ちが》うわ！」

「まあ、ラニならそう言うと思ったけど――」

若く真《ま》っ直《す》ぐな正義感を持つラフィニアには、受け入れられない話だろう。

ではどうすればいいのか、という具体的な方法論は、多分持っていないだろうが。

それは別に問題ない。いざとなればイングリスが何とかすればいいだけの話だ。

幼さゆえに向こう見ずな正義感というのも、見ていて可愛らしいものである。

――という個人の感想は置いておいても、今回遠征《えんせい》して来た名目は、アルカード中枢の方針を変えさせて、軍を引かせるためである。

それが上手く行けば、自然とアルカードと天上領《ハイランド》の手は切れる。

魔印武具《アーティファクト》と引き換《か》えるためにと、住民から過剰《かじょう》な徴発を行う必要も同時に無くなるはずだ。

だから別に問題は無い。

ただ、手薄《てうす》になってしまう魔石獣への対策は、何か必要になるだろうが。

そもそも、アルカードにそれまで無かったような魔石獣による危機が訪《おとず》れたのが、事の発端《ほったん》である。

環境《かんきょう》の変化への対策を採ろうとした結果が、今の状況に結びついている。

「……ああ違う……！　こんなの許せねえ……！」

そう言ったのは、ラティである。

ここにも一人、若く真っ直ぐな正義感を迸《ほとばし》らせている者がいた。

もちろん友人ではあるのだが、ラフィニアほど可愛いわけではないので、そちらは抑《おさ》え役に任せておく。

「お、落ち着いて下さい。ここで熱くなっても――どうしようも……」

「けどさ、プラム……！　おや――いや、国王陛下は何やってるんだよ……！　こんな状況に皆を追い込むなんて――！」

そんなラティとプラムの様子を見て、女将は心配そうな顔をした。

「お、落ち着きなよ。国王陛下はご病気だそうだよ？　お元気ならこんな事させやしないよ。あたしはそう信じてるよ」

「国王陛下がご病気……!?　僕がアルカードを出る前は、まだお元気でしたが……ですが、余りにも多くのご心労が重なっていたのも事実。ご病気になられるのも、無理はありません――」

イアンがそう言って俯《うつむ》いた。

「おばちゃん！　じゃあどうしてこうなったんだ？　誰《だれ》がやらせてるんだこんな事!?」

「天恵武姫《ハイラル・メナス》だよ……！　天上領《ハイランド》からやって来て、この国は自分を前借りしたんだから、その対価を寄越《よこ》せって言ってね――」

「えぇえっ!?　天恵武姫《ハイラル・メナス》が!?」

「そ、そんな悪事を働くなんて――」

「し、信じられませんわ……！」

ラフィニアやレオーネ、リーゼロッテには特に衝撃《しょうげき》が大きいようだ。

カーラリアの出身者にとって、天恵武姫《ハイラル・メナス》とはつまりエリスやリップルの事である。

彼女《かのじょ》らは気高く慈愛《じあい》に富み、地上の人々を魔石獣から守るという事を自分の使命であると強く思い、常に真剣《しんけん》に取り組んでくれている。

その持つ力と、そして精神の面でも、まさに国を守る女神《めがみ》と言える存在である。

そして血鉄鎖旅団の天恵武姫《ハイラル・メナス》であるシスティアも、立場こそ違えど使命感や意志の強さは、エリスやリップルと似たようなものを感じる。

総じて、天恵武姫《ハイラル・メナス》というのは高貴な精神や使命感を持つものと思っていたが、それはたまたま彼女達《たち》がそうなだけであって、違う者もいるようだ。

「天恵武姫《ハイラル・メナス》なんていいもんじゃないよ……！　この街にも来た事があるけれど、とんでもなく可愛い顔をして、歯向かう者は容赦《ようしゃ》なく殺されたんだ……良くても捕《と》らえられて連れて行かれて、誰も帰ってこないんだよ――」

「なるほど――天恵武姫《ハイラル・メナス》も都合のいい守り神ばかりではない、と言う事ですね」

「ああそうさ、お嬢《じょう》ちゃんの言う通りだよ。あんたらも悪い事は言わないから、下手に逆らわない方がいいよ？　この国の騎士や兵士はまだ情けもあるけど、天恵武姫《ハイラル・メナス》とその取り巻きの天上人《ハイランダー》は本当に容赦が無いから――」

女将の忠告に、ラフィニアは頬を紅潮させ、ぶんぶんと首を振る。

「ううん、おばさん――そんなのますます許せない！　何とかしなきゃ！」

「ああ、聞き捨てならねえ……！」

ラティも一段と熱くなっている様子だ。

「お、落ち着いて。君が怒《いか》りに任せて動いてしまえばどうなるか……」

「そうですよ、冷静にならなきゃですよ――」

イアンとプラムがラティを宥《なだ》める。

「イングリスちゃんも、止めて下さい――」

プラムが助けを求めて来る。

「ごめん、わたしも聞き捨てならないから――」

しかしイングリスは、静かに首を振るのだった。

「え……？」

「そんな悪い天恵武姫《ハイラル・メナス》なんて、放っておけないよね――！　この国の正義と平和のために
……！　……というわけで女将さん、教えて下さい。その天恵武姫《ハイラル・メナス》はここらによく現れるのですか？　どんな人物ですか？　どんな強そうな能力を持っているか分かりますか？」

「え？　えーと……そ、そうだね――」

「こら、クリス！」

ぎゅううぅっ！

ラフィニアに耳を引っ張られる。

「いたっ!?　な、何ラニ？　いきなり――」

「そうじゃないでしょ、そうじゃ！　街の人達が困ってるって話をしてるのに、何を嬉《うれ》しそうに目をキラキラさせてるのよ……!?」

「いや、でもせっかくだから何でも楽しんでやった方がいいと言うか……前の時はわたし戦えなかったから、ラニ達ばっかりズルいし──」

「さんざんユア先輩《せんぱい》と暴れてたでしょ！」

「でも、あれは本当の実戦って感じじゃないし……ラニ達は実戦してたでしょ？　真剣勝負でしか得られない経験って大事だと思う──」

「もう！　ああ言えばこう言う……！　あたしが言いたいのはそうじゃなくて──」

「い、一応僕と戦ったんですけど──無かった事になってますね……」

イアンがため息混じりの苦笑《くしょう》を浮かべた。

「……あたしが見たのは、ティファニエっていう天恵武姫《ハイラル・メナス》さ。澄《す》んだ水みたいな優《やさ》しい色の長い髪《かみ》で、目がぱっちりしてて、見た目は本当に可愛らしいんだ。あんたにも負けてない程《ほど》だったよ。あんたもびっくりするくらい可愛いけどね」

と、女将はイングリスの方を見て言う。

「……ありがとうございます。他に特徴《とくちょう》は──？」

「取り巻きに天上人《ハイランダー》を沢山《たくさん》連れててさ。皆ティファニエ様ティファニエ様って崇《あが》め奉《たてまつ》るような感じで、ハッキリ言って間の抜けた感じさ。だけどそいつらが、本当に酷い奴等《やつら》でね……無理やり食糧を持って行って、さっきも言ったように歯向かう奴は殺されるか強制連行――それをティファニエって天恵武姫《ハイラル・メナス》は楽しそうに見てたよ。隙《すき》を見てあいつに直接襲《おそ》い掛《か》かった戦士もいたけど、一瞬《いっしゅん》でバラバラ……何が起こったのか分からなかったよ」

女将は少し顔を青ざめさせながらも、情報を教えてくれる。

「天恵武姫《ハイラル・メナス》は魔石獣からあたし達を守ってくれるって言うけど、ある意味魔石獣より恐《おそ》ろしいよ……ご近所や、知り合いも何人も――」

「なるほど――かなり凶暴《きょうぼう》な集団のようですね……」

悪くない。ならば遭遇《そうぐう》する事が出来れば、かなり質の高い戦いを期待できるだろう。

イングリスの知っている天恵武姫《ハイラル・メナス》達は、無暗《むやみ》に暴力を振りかざすような人物では無く、それなりの理由が無ければ戦ってはくれない。

黙《だま》っていれば襲ってくれそうな天恵武姫《ハイラル・メナス》など、願っても無い存在だ。こちらが知恵《ちえ》を絞《しぼ》って戦いの理由を作るという面倒な作業をする必要が無いからだ。

こちらの土地の食糧事情は芳《かんば》しくないようだし、ご当地料理を楽しむという線は望《のぞ》み薄《うす》になってしまった。

となれば、本来の目的である戦いのほうは、逃《のが》さずに行きたいものだ。

「彼等は、よくこの街にやって来るのですか？」

「ここに天恵武姫《ハイラル・メナス》がやって来たのは、一度だけだよ。配下の天上人《ハイランダー》は時々――今までに何度かやって来たね。その度に、誰かが――」

「そうですか――女将さん、最後に一つ……彼等がどこからやって来るかは、ご存じですか？」

「たぶん、リックレアだよ。捕《つか》まった人は皆リックレアの監獄《かんごく》送りにされてるみたいだから――」

「リックレアに監獄……!? そんな事、初耳です……！」

イアンが声を上げる。驚《おどろ》いている様子である。

これはイアンが密命を帯び、ワイズマル劇団に潜入してアルカードを出国してからの動きなのだろう。

つまりごく最近の動き、というわけか。

「リックレアといえば、確か――」

事前にイアンやラティから得た、アルカード国内の情報によれば――

「ええ……魔石獣によって滅《ほろ》ぼされてしまった、僕の故郷です――」

虹の王《プリズマー》らしき魔石獣に滅ぼされたという街だ。

その被害《ひがい》が余りに凄惨《せいさん》だったため、アルカードの国はそれまでの方針を転換《てんかん》。

天上領《ハイランド》への依存度《いそんど》を深め、国防のための力を高める方向を目指すようになった。

リックレアの街は、その出発点とも言える場所だ。

「あんな事があったのに、今はまた多くの罪の無い人達が集められ、苦しめられているなんて……」

項垂《うなだ》れるイアンの肩《かた》に、慰《なぐさ》めるようにラティが手を置く。

「ああ――許せねえよ……！　なんであそこばっかり――」

「あんたら……リックレアの子もいるのかい？　あんな事があって、よく無事だったねえ。せっかく助かった命なんだから、大事にしなきゃいけないよ？　それが生き残った者に出来る唯一の事さ。悪い事は言わないから、天恵武姫《ハイラル・メナス》や天上人《ハイランダー》に目を付けられるような事はおよしよ？」

女将は心から心配そうにそう呼びかける。

「はい女将さん。辛い事を思い出させてしまって、済みません。お部屋で休ませてもらっても構いませんか？　さあみんな、行こう」

イングリスは皆に呼びかけ、部屋に入る事にした。

これ以上女将に色々尋《たず》ねても、ますます辛い事を思い出させてしまうし、こちらとしても話せない事もある。

込み入った話は自分達だけで、という事だ。

部屋に入ると真っ先に、イアンが深刻そうな顔で呟《つぶや》く。

「さっきの話ですと——僕がアルカードを出てから、事態は随分《ずいぶん》悪い方に動いているようです……まさか天恵武姫《ハイラル・メナス》が既《すで》にやって来て、人々から食糧を奪《うば》っているなんて——」

「焚《た》きつけているのかも——？」

「……イングリスさん。それは、どういう事ですか？」

「教えなさいよぉ、クリス」

早速ベッドに寝そべっているラフィニアも、聞いて来る。

大きな欠伸《あくび》をして、少々お行儀《ぎょうぎ》が悪い。

夜通し起きていたので、仕方ないと言えば仕方ないが。

「……うんラニ。説明するけど寝ないでちゃんと聞いてよ？」

「当たり前よ。ふみゅぅ～」

「…………」

もう既に瞼《まぶた》が重そうなのだが——他の皆も気になるようなので、説明は続けることにする。

「焚きつけるって言うのは、国境にいるアルカード軍を早くカーラリアに攻め入らせ《せ》たいって事だよ」

「それは、逆に言うと――アルカード軍はカーラリアを攻めたくないという事ですの？」

「アルカード軍は準備が出来たら攻めて来ると思っていたけれど――イングリスはそうじゃないって言いたいの？」

リーゼロッテとレオーネは、きっちりと起きて質問してくる。

二人とも真面目《まじめ》でいい娘だ。ラフィニアにもここはちょっと見習って頂きたい。

「うん。正確にはそうじゃなかった、って所だろうけど――必ずしもアルカード軍は天上領《ハイランド》の思う通りに動いてなかったんじゃないかな」

「どうして？」

レオーネは再度、尋ねて来る。

「なるべく自軍の消耗を避けるためだよ。カーラリアの東からは、ヴェネフィク軍が迫《せま》ってる。そちらの戦況《せんきょう》が有利に傾《かたむ》いて、アルカード側から楽に侵攻《しんこう》できる状況を待っていたんだと思う。そうなれば少ない労力と損害で手柄《てがら》を挙げて、天上領《ハイランド》から天恵武姫《ハイラル・メナス》を下賜《かし》して貰えるし」

自分がアルカードの王だとしたら、その位の状況は読む。

ヴェネフィクはカーラリアとは長年の敵対関係にある東の隣国《りんごく》だ。

現在東の国境付近にヴェネフィク軍が迫っており、ラファエルやエリスやリップルが所属する聖騎士団が出撃《しゅつげき》して、その対応に当たっている。

そちらの戦況がヴェネフィク側に傾けば傾く程、カーラリアは東側の戦線に国内の戦力を傾けざるを得ず、北からの侵攻を考えるアルカードにとっては状況が有利になるのだ。

最も被害の少ない手法で、最大の国益を挙げる事を突《つ》き詰《つ》める。

人々を導くとはそういう事だ。

その前提に立てば、むしろそれが自然な動きだろう。

イングリス・ユークスという従騎士の一個人であれば、最も危険な戦場に真っ先に突入《とつにゅう》して最大限の戦闘《せんとう》経験を得たい所だが、王や騎士団長などの指導者側に立ってしまうと、それはできない。

結論として、やはり出世はするべきではない、という事だ。

「カーリアス国王陛下の暗殺事件も、時間稼《かせ》ぎの意味もあったんじゃないかな。今そういう工作中だから、少し様子を見たい。国王を先に討《う》ち取ってから戦った方が有利だって言って、出兵を遅《おく》らせる口実になるからね」

そうイングリスが言うと、イアンははっとした顔になる。

「そうかも知れません――あの暗殺計画は、大戦将《アークロード》のイーベル様ではなく、国王陛下の周辺から発せられたものでしたから……」

「だけど、天上領《ハイランド》側はアルカード側の態度に痺《しび》れを切らし始めた。単にイーベル様が亡《な》くなって、方針を転換しただけなのかもしれないけど――天恵武姫《ハイラル・メナス》を先に派遣《はけん》して、その対価だって言って住民から食糧を略奪《りゃくだつ》させる。そんな事をされたら堪《たま》らないから、アルカード軍は急いでカーラリアに侵攻せざるを得なくなる……そうしてカーラリアの土地を切り取ったり、食糧を奪ったりして、天恵武姫《ハイラル・メナス》の行動を止めて貰う――天上領《ハイランド》には歯向かえないからね」

「……もしかしたら、ヴェネフィク側の戦況が悪いのかも知れないわね。それで、焦《あせ》り出したとか――」

レオーネはイングリスの言葉に納得《なっとく》したように頷いてから、そう言った。

「かも知れませんわね」

「そうだね。天上領《ハイランド》の情報伝達は、わたし達よりずっと早いだろうし」

「とにかく、アルカードの人達が食べ物を奪われるのも、カーラリアの人達が戦争に巻き込まれるのも、どっちも許せないわ――絶対に止めなきゃ！」

ラフィニアはきりっと眉《まゆ》を引き締《し》め、そう述べた。

「ラニ――別にいいけど……寝転《ねころ》がって枕抱《まくらだ》いて言う事じゃないよ？」

ラフィニアの姿勢はイングリスの言った通りだった。

レオーネやリーゼロッテやプラムはきちんとお行儀良く座《すわ》っているのに――

困ったものだが、それはそれで可愛く見えたりもして、少々複雑である。

「仕方ないじゃない。眠いんだもん」

「はいはい。じゃあ早く話を切り上げなきゃだね。とりあえず、この先どうするかだけど
――先にアルカードの王都に向かうか、真っ直ぐリックレアの監獄に向かうかかな」

イングリスの見立てでは、ラティの父であるアルカード王は、国の損失を最小限に止《とど》めるように振舞《ふるま》っているように思えるし、ある種の覚悟《かくご》もありそうだ。

話は出来る相手だろう。会談してみる価値はあるかも知れないが――

不調に終われば、無駄足《むだあし》となる可能性もある。

それ処《どころ》か、アルカード王がこちらを拘束《こうそく》しようとしたり、ラティやプラムはともかくカーラリアからの潜入者《せんにゅう》であるイングリス達を殺そうとするかもしれない。

リックレアの解放に向かえば、噂《うわさ》の天恵武姫《ハイラル・メナス》や天上人《ハイランダー》達と対峙《たいじ》する事になりそうだ。

そして、そうなればほぼ確実に戦闘を期待できるだろう。

早く監獄に囚《とら》われた人々を解放すれば、その分多くの命を救う事にもなる。

しかしアルカード王との合意も無しにそれを行った場合、政治的に禍根《かこん》を残す事になりかねない。

魔石獣《ませきじゅう》への防衛力を高めるため、アルカードにも天恵武姫《ハイラル・メナス》を招聘《しょうへい》しようという目的を、断りも無く横から叩《たた》き潰《つぶ》す事になるからだ。

「……ちょっと悩《なや》ましいね。どう思う、みんな？」

と、イングリスが問いかけると、レオーネ達は意外そうな顔をする。

「意外ね。イングリスなら真っ先にリックレアに突撃《とつげき》して天恵武姫《ハイラル・メナス》と戦いたいって言うと思ったわ」

「ですわね。お腹でも痛いのですか？」

「逆じゃね？　腹減っておかしくなったんじゃやねえか？」

「ちょっとラティ、イングリスちゃんに失礼ですよ」

「そ、そうですよ。真剣にアルカードの事を考えて下さってるんですよ」

「ふふふ――」

そんな皆に、イングリスは謎《なぞ》めいた笑《え》みを浮《う》かべるだけだった。

「甘《あま》いわね、皆――」

それを見ていたラフィニアが、じとーっとした瞳《ひとみ》でイングリスを見ている。

「クリスはね、先に王都に寄った方が一問着《ひともんちゃく》あって結果的にいっぱい戦えるかも♪　とか考えてるだけなのよ……！」

「……そ、そんな事ないよ。ないない――」

「ウソね。ほらほっぺたがぴくぴくしてるもん！　これは嘘《うそ》をついてる時の動きよ、分かってるんだから――！」

むぎゅー、っと頬を引っ張られる。

「ちにゃうりょ……！　ちりゃうにょ――！」

まあ確かに、冷静に考えてどちらのほうを優先しても一長一短ありそうなので、ならばそこに自分の利益も混ぜ込んでよいだろうという話だ。

先に王都に向かってアルカード王に話をつけようとするものの、受け入れられずに処刑《しょけい》されそうになり一戦闘。

その後、リックレアに引き返し人々を苦しめる天恵武姫《ハイラル・メナス》を撃退《げきたい》し二戦闘。

更《さら》にその頃《ころ》、回り道をして時間をかけ過ぎたために、国境付近のアルカード軍が動き出してしまい、急いで追い付き進軍を止《や》めるように呼びかけるものの、情報伝達の不行き届きもあり受け入れられず、やむを得ず止めるために三戦闘。

これが、実戦経験の面では最良の展開である。

先にリックレアから行った場合、後の政治的な不透明感《ふとうめいかん》は高いが、そこは主にこの国の王子であるラティが担《にな》う領域となり、戦闘自体は一戦闘で終わってしまう可能性が高くなる。

ラフィニアの言う通りでもあるのだが、あくまで優先度はこの状況《じょうきょう》の解決を第一とはしている、と強く主張しておきたい。

自分もそこまで人でなしではないのだ。

「ま、まあどっちにしろ、王都もリックレアも途中《とちゅう》までは道は同じだから、向かいながら考えるって事でいいんじゃねえか？」

と、ラティが提案した。

「そうですね。進めばまた新たな情報が得られるかも知れませんし」

イアンも同調する。

「どちらにせよ、急がなきゃですね」

プラムも頷いていた。

「じゃあ、ここで仮眠を取ったら、すぐに出発ね」

「ええレオーネ。そうですわね」

話がまとまりかけたが――

「待ってみんな。確かに急がなきゃいけないけど、あたし達はやれる事をやらなきゃ……この街の人達のために！」

ラフィニアだけは決然とした表情で、そう述べるのだった。

◆◇◆

ははは――あはははは――ふふふふ――

ツィーラの街の広場に、いくつもの明るい声が響いていた。

「いやあ、本当に助かるよ――！」

「ホントに有り難《がた》いねえ。感謝してもしきれないよ……！」

「美味《おい》しい～～！　こんなの久《ひさ》し振《ぶ》り～！」

広場の中心には、イングリス達が持って来た野戦行軍用の巨大鍋《きょだいなべ》が鎮座《ちんざ》し、煮込《にこ》まれた具材が湯気と美味しそうな匂《にお》いを立てていた。

それを囲む人々の様子が、これである。

――つまるところの、炊《た》き出《だ》しだった。

「これが、やれる事――」

「そう！　みんな喜んでるでしょ？　急がなきゃいけないのは分かるけど、目の前で困っている人を放ってはおけないもの」

イングリスの言葉に、ラフィニアは笑顔《えがお》を返してくる。

「いい事だと思うわ、本当に。みんな喜んでくれているわ」

「そうですわね。無駄《むだ》に大量の食糧を持って来たと思っていましたが、思わぬ所で役に立ちましたわね」

勿論《もちろん》、この炊き出しの出所はイングリス達が持って来た食糧である。

仮眠《かみん》を取った後、隠《かく》しておいた機甲親鳥《フライギアポート》を出して、ここに食糧を運び込んだ。

そんなものを持って来るイングリス達に住民達は驚いたようだが、それよりも炊き出しが喜ばれた。

皆余程《みなよほど》、食糧事情が芳《かんば》しくなかったらしい。

「この街のために、ありがとうな。礼を言うぜ」

ラティがラフィニアに頭を下げている。

「いいのよ。当然の事でしょ」

そのラフィニアの笑顔は、とても清々《すがすが》しく輝《かがや》いていた。

ぐぎゅううううう〜〜！

そして、とても盛大にお腹《なか》を鳴らしてもいた。

本来自分達が食べるべきものを分け与《あた》えたのだから、当然自分達は我慢《がまん》である。

ラフィニアも炊き出しには一切《いっさい》手を付けていない。

人の事は言えないが、あれだけよく食べるラフィニアが我慢を続けるのは辛《つら》いだろう。

常人の何倍も食べるだけに、常人の何倍も負荷《ふか》が大きくなる。

それだけにその行動は尊いと言える。

生まれた頃《ころ》からラフィニアを見守って来たイングリスとしても、そこは鼻が高い所ではある。

お腹の鳴る音ははしたないが――

「…………」

ただし、確かにラフィニアは立派だが、イングリスもそれに付き合わされるのである。

辛い。とても辛い――

こちらはこれ以上ない位にお腹が空いているのに、指を咥《くわ》えて見ているしかないのだ。

どんな怪物《かいぶつ》や強敵の恐ろしい攻撃よりも、これが一番応《こた》えるかも知れない。

「どうしたのよ、イングリス？　さっきから黙って」

「ひょっとして炊き出しに反対でしたの？」

「いや、違うよ――あんまり喋《しゃべ》ると余計お腹が空くから――」

ぐぎゅうううううう～～！

イングリスのお腹も、ラフィニアと同じ位鳴っていた。

それに気づいたのだろうか、住民の中の小さな女の子が、イングリス達の所にやって来た。

先日知り合ってユミルに引き取る事になったアリーナよりも、まだもう少し小さい。

六、七歳《さい》だろうか。

「お姉ちゃん達、お腹空いてるんだよね？　はい、どうぞ！」

鍋《なべ》料理の入った器を、笑顔で差し出してくれる。

何と可愛《かわい》らしいのだろう。

まるで天使のように見える。

「あ、ありがとう――」

こんないたいけな少女が差し出してくれたものを断るのは人でなしだ。

これを食べるのには、ラフィニアも文句は言うまい。

イングリスにとってはほんの少ない量ではあるが、それでも嬉しい。

ここはありがたく、頂くとしよう。

――しかし、ラフィニアは思った以上に厳しかった。

「ダメよ、クリス！　止めなさい！」

「ええ……!?　ちょっとくらい――」

「それがいけないのよ。ここであたし達がちょっとでも食べたら、抑えが利《き》かなくなるわ。皆《みんな》の分まで全部食べちゃう――だから我慢よ……！」

「う、うう……」

「ありがとうね。気持ちだけ頂いておくから、お姉ちゃん達はいいから自分で食べてね」


ぎゅ～～～！　ぎゅるるうぅぅ～～！


運悪く、二人揃《そろ》って盛大にお腹を鳴らしてしまう。

「でも、お腹空いてるんだよね？」

小首を傾《かし》げられる。

「う……えーと、えーと――その……」

と、ラフィニアは上手《うま》い言い訳が思いつかないようだが、ここは助け船《たすぶね》は出さない。

何故《なぜ》ならイングリスはこの差し出された恵《めぐ》みの一杯《いっぱい》を食べたいのだから。

「あ、そうだ！」

キョロキョロと辺りを見回した上で、何か閃《ひらめ》いた様子のラフィニア。

「お姉ちゃん達ね、猫舌《ねこじた》で熱いもの食べられないの。だから冷たいものが好きで――あ、丁度いいものがあるわ！」

と、手を伸《の》ばしたのは、そこら中の道端《みちばた》に真っ白く積もっている雪である。

雪深いこの街の広場は、道の無い部分は雪の壁《かべ》のようなものに囲まれるようになっていた。

そこに手を突っ込んで、真っ白な雪を掴《つか》み取ったのだ。

ばくっ！

そしてそのまま、それを口に放《ほう》り込んだ。

「――!?」

いきなり何をやっているのか。

そんな事しか思いつかなかったらしい。

「んー、冷たくて美味しい……！　ね、クリス？　クリスも食べなさいよ」

「ええ……!?」

「ほら早く……！」

「う、うーん――」

ぱく。

一応、汚《よご》れていないことを確認《かくにん》して食べて見せた。

味はしないが――冷たくて、氷の粒《つぶ》がしゃりしゃりとしている感じがする。

案外、食感としては悪くない気もする。

「ね？　お姉ちゃん達は大丈夫《だいじょうぶ》だからね？」

「う、うん――」

一応、女の子は納得してくれたようだった。

「……ねえクリス、今、意外と悪く無くなかった？」

「でも、味がしないよ？」

「味があれば美味しいかも……？　イアンくーん、お砂糖持って来て！」

砂糖を振《ふ》って食べる気のようである。

つまり、これなら食べても良いらしい。

雪は氷で、氷は水なので食《た》べ応《ごた》えは無いが、何も無いよりはましかもしれない。

「……イアンさん、わたしの分も！」

イングリスも手を挙げた。

「あの――お砂糖を振って雪を食べるつもりですか？　止めておいた方がいいですよ。お腹を壊《こわ》してしまいますから――」

注意をしつつも、お砂糖はちゃんと持って来るのがイアンらしい。

「大丈夫！　あたし達のお腹は普通《ふつう》じゃないわ……だから困るんだけどね！」

「背に腹は代えられませんので――」

「は、はあ……」

ラフィニアは砂糖を受け取ると豪快《ごうかい》に雪の上に振り撒《ま》き、大量に手掴《てづか》みしてばくりと一気に口に運んだ。

「おぉ……⁉　これならいけるわ、デザートみたい！」

「ん――悪くはないかな……？」

「そのあたりでいくらでも手に入るにしては十分よ――」

「非常食だね」

ぱくぱくぱくぱくぱくっ。

お腹は十分過ぎる程空いていたので、やはり食べ始めると止まらない。

「あはは。食べて雪かきしてる～」

「あんな事して、お母さんに怒《おこ》られないのかなあ」

子供達がイングリスとラフィニアを物珍《ものめずら》しそうに見ていた。

「もう何をしているのよ、何を――」

「全くですわねえ――」

レオーネとリーゼロッテが、呆《あき》れた様子でため息をつく。

しかし、イングリスとラフィニアの奇行《きこう》を除けば、住民達の表情は明るかった。

ささやかかも知れないが、きっと彼等《かれら》の助けになる事は出来ただろう。

そんな和《なご》やかな時間に、文字通り影《かげ》が差したのは――それから程無《ほどな》くしての事だった。

「これはこれで結構イケるわ。雪ならいくらでもあるから、いくらでも食べられるし！」

「うん。でも溶《と》けたらただの水だから、あんまり食べ応えは無いけど……」

「う……!?」

ラフィニアの動きが止まる。

「？　どうしたの？」

「ちょ、ちょっとお腹痛くなって来たかも――」

「急いで食べ過ぎだよ。お腹が冷えたんだね。……う――!?」

「もう、イングリスもなの？」

レオーネが呆れていた。

「わたしは違《ちが》うよ。何か来る――」

その気配を、イングリスがいち早く察知していたのだ。

「あそこ……！」

指差した先の空には、雪が舞《ま》う中飛来するいくつかの機甲鳥《フライギア》らしきものの機影《きえい》があった。

間違《まちが》いなく、こちらにやって来ている。

「あれは――!?」

「宿の女将《おかみ》さんが言っていた、天上人《ハイランダー》かな？」

「炊き出しなんてやって、目立っちゃったせいかな――ごめん、みんな……！」

お腹が痛いのも吹《ふ》き飛んだらしく、ラフィニアは唇《くちびる》を噛《か》んでいた。

「それはラフィニアだけの責任じゃないわ。私達も賛成したもの」

「そうですわ。たまたま通りかかっただけかもしれませんし――それより、この場をどうするかですわ」

「わたしはあまり賛成してないけど――降りかかる火の粉を払《はら》うのは大好きだよ？」

砂糖をかけて雪を食べさせられた悲しみと、天上人《ハイランダー》との実戦経験の引《ひ》き換《か》えなら、まあ悪くは無い。

やって来る彼等が食糧を持っているのなら、それを徴発《ちょうはつ》して炊き出しで減った分を埋《う》める事も出来るだろう。

ならば結果としては得しかない。

イングリスの読みでは、国境に布陣《ふじん》するアルカード軍の本音は様子見を続ける事で、各地を荒《あ》らす天恵武姫《ハイラル・メナス》や天上人《ハイランダー》は、それを動かすために無法を働いている。

天上人《ハイランダー》達と戦って撃破《げきは》しても、軍を刺激《しげき》して行動を早めると言うよりは、住民を人質《ひとじち》に行動を焚きつける圧力が弱まり、より様子見に傾く事になるだろう。

――だからここは、楽しんでしまっても構わないはずだ。

「ふふふ、久しぶりだね。実戦――ふふふ……」

ばしっ！　ばしばしっ！

イングリスは笑みを浮かべながら、拳《こぶし》を掌《てのひら》に打ちつける。

「も、問答無用はダメよ、クリス。話し合えるなら話し合うのよ。魔石獣《ませきじゅう》と違って話す事は出来るんだから……！」

「勿論だよ。すぐには倒《たお》さないよ？　全力を出し尽《つ》くして貰《もら》ってからじゃないと、こっちもいい実戦経験にならないから――」

「いやもう戦う事前提になってるし――！」

「戦い以外の事はラニに任せてるからね？　信頼《しんらい》してるよ？」

「都合のいい時だけそう言うんだから……！」

言っている間に住民達も、やって来る機甲鳥《フライギア》の機影に気が付き、騒《さわ》ぎ始めていた。

「天上人《ハイランダー》だ……！　天上人《ハイランダー》が来る――！」

「う、うわあああぁぁぁっ⁉」

「お、お母さん……！　怖《こわ》いよ――――！」

そこに、ラフィニアのよく通る大きな声が響《ひび》く。

「みんな！　大丈夫よ落ち着いて！　ここはあたし達に任せて、慌《あわ》てずに建物の中に隠れて避《ひ》難《なん》して――――！」

「だ、だけど……！　任せろったって、あんた達も危ないよ！　早くお逃《に》げよ――――！」

と、宿の女将がラフィニアを心配してくれた。

「大丈夫よ！　見て――――！」

ラフィニアはそう言うと、それまでしていた手袋《てぶくろ》を取って、白く輝く弓の魔印《ルーン》を露《あら》わにした。

そして、荷物から愛用の弓の魔印武具《アーティファクト》――光の雨《シャイニーフロウ》を取り出して見せる。

「おばさん。みんな！　聞いて――――！　あたし達はカーラリアの騎士《きし》です……！　カーラリアとアルカードの戦いを止めて、みんなを助けるためにここに来たの……！　だから安心してあたし達《たち》に任せて！」

あっさり素性《すじよう》を明かしてしまった。

なかなか思い切った事をする。

と言うよりは、皆を安心させたい一心でそうしてしまったのかも知れない。

どちらかは分からないが――

「ほら、レオーネもリーゼロッテもプラムも！」

「え、ええ……！」

「分かりましたわ――！」

「はい！」

彼女《かのじょ》達が上級印とそれぞれの魔印武具《アーティファクト》を露《あらわ》にすると、街の人々は歓声《かんせい》を上げる。

「お、おお……！」

「すごい――！」

「カーラリアの騎士様がこんなに――」

「俺《おれ》達を助けてくれるのか――！」

実際かなりの効果はあり、住民達は落ち着きを取り戻《もど》して行く。

このラフィニアの行動が、後で不利益を生む可能性もあるが――それはそれだ。

後で何なりと、イングリスが辻褄《つじつま》を合わせてあげればいい。

イングリス・ユークスの人生としては、率先《そっせん》して人々のために働く気は無いが、ラフィニアがそうするのは否定しない。

目の前の人達のためと一生懸命《いっしょうけんめい》に考えて行動する姿は、可愛らしくて微笑《ほほえ》ましい。

「さあ分かったらみんな、隠れていてね！」

ラフィニアの言葉に従い、住民達は各々《おのおの》身を隠して行く。

残ったイングリス達は、その場で機甲鳥《フライギア》の機影を待った。

やがて、先頭に立った機甲鳥《フライギア》に、額に聖痕《せいこん》を持つ天上人《ハイランダー》の青年が乗っているのが見えた。

「やっぱり、天上人《ハイランダー》だわ……！」

「うん。いいね――」

「よくないわよ！」

その横で、プラムが悲鳴のような大声を上げる。

「ああああぁぁぁぁあっ!?」

「!?　な、何、プラム……？」

「どうしたの？　突然《とつぜん》――」

「お、お兄ちゃん……」

顔を蒼《あお》ざめさせながら、プラムは声を震《ふる》わせていた。

「えええぇえっ!?」

「あれがプラムの――？」

「お兄様ですの――!?」

ラフィニア達が驚《おどろ》きの声を上げる。

確かに先頭の機甲鳥《フライギア》に乗っている人物は、髪《かみ》の色や顔立ちなど、プラムに似たような面《おも》影《かげ》があるかも知れない。

「ま、間違いねえ――！　あいつはハリムだ……！」

「ほ、本当だ……！　どうして――!?」

無論ラティやイアンは面識があるのだろう。

「も、勿論です……！　お兄ちゃんは天上人《ハイランダー》なんかじゃ――」

「元々天上人《ハイランダー》――な訳はないよね？」

「という事は、後から聖痕を授《さず》かって天上人《ハイランダー》になったんだね」

ラーアルやファルスのような者達と同じ、という事だ。

「イアンさんがアルカードを出る前から、あの人は天上人《ハイランダー》だったのですか？」

イングリスの質問に、イアンは強く首を振る。

「いいえ！　決してそんな事は――」

「という事はやはり、イーベル様が亡くなってから、相当天上領《ハイランド》側の方針が変わっているのかも――」

イーベルはアルカードの人間を天上人《ハイランダー》にして力を与えるような事をせず、同じ力を与えるにしてもイアンやディーゴー将軍のように、人の体を改造して実験体のように扱《あつか》っていた。

どちらが正しい、悪いでは無く、明らかに動きが変わっているという事だ。

「――とにかく、ラティは隠れておいた方がいいね。プラムも一緒《いっしょ》に」

「ええっ⁉　けどさ――！」

「でもお兄ちゃんが……！」

「従いましょう、ラティ君、プラムちゃん。二人は顔を知られています――特にラティ君が顔を見られれば、これが国王陛下の命令だと疑われ、逆にお立場を悪くしかねません」

イアンがイングリスの考えをそのまま代弁してくれた。

その通りだ。

イアンは中々、参謀《さんぼう》の素質があるかも知れない。

「お前はいいのかよ、イアン！」

「イアン君だって顔を知られてますよ？」

「僕《ぼく》が見られても、寝返《ねがえ》ったと思われるだけです。裏切り者とカーラリアの騎士がやった事なら、国王陛下までもが疑われる事は無いでしょう。それに、情報を引き出すには知り合いがいたほうがいいのは確かですから――だから僕が」

「イアンさんの言う通りだよ。そのうちラティが表に出た方が良くなるかもしれないけど、今はまだ隠れておいた方がいいよ。機甲親鳥《フライギアポート》の積み荷の中に隠れて。さあ急いで」

「わ、分かった……」

「はい――」

ラティとプラムはイングリスの言う通りに、急いで身を隠す。

そして、言葉もかわせる程《ほど》の近くに、プラムの兄の乗る機甲鳥《フライギア》がやって来た。

確か名はハリムと言っていたか。

「ふぅん……こんな所で妙《みょう》な顔と会うものだ――久し振りだね、イアン」

そう呼びかけるハリムの顔は、穏《おだ》やかだった。

プラムも穏やかな物腰《ものごし》であるから、この兄妹《きょうだい》は似ているのかも知れない。

「ハリム様……」

「一緒にいる彼女等《かのじょら》は――アルカードの者ではないね。上級魔印武具《アーティファクト》を授かった騎士など、この国には数える程しかいない。皆、顔は覚えている。ならば恐《おそ》らくカーラリアの騎士――どうやら君は失敗して国を売ったようだね？」

「それは、こちらの台詞《せりふ》です――！　ここの住民の皆さんに聞けば、天上領《ハイランド》から遣《つか》わされ

た天恵武姫《ハイラル・メナス》が各地で無法を働いていると——ハリム様もそれに協力しているんですか⁉

どうしてそんな事を許しているんです⁉」

「ティファニエ様は対価をお望みだ。私達はあの方の存在に感謝をし、精一杯《せいいっぱい》の供物《くもつ》を献上《けんじょう》せねばならない。食物を差し出せる者は差し出せばいいし、それが出来ない者はその命を差し出せばいい。それだけの事だろう？」

「何を言っているんです……！　魔石獣から国を守るために僕達《たち》は天恵武姫《ハイラル・メナス》の存在を望んだはず——！　それが人々を傷つけるなら、魔石獣と変わりません……！　そんな事では、この国のためにはなりませんよ……！」

「だけど、ティファニエ様はお喜び下さる。それで十分、それ以外はどうでもいい事なんだよ」

「え……⁉　ハリム様がそんな事を言うなんて——！」

「ティファニエ様はいいよ、イアン。素晴《すば》らしい方だ——ほらこれを見なよ。下級印しか持てなかったような私に、聖痕を与えて天上人《ハイランダー》に生まれ変わらせて下さったんだ。私だけでなく、あの方が見込んだ者はみんなだ。あの鼻持ちならないイーベルのように、人を冷たい機械に改造してしまうような者とは違う。君やディーゴー将軍達は貧乏《びんぼう》クジだったね？　ティファニエ様がお越《こ》しになってからなら、天上人《ハイランダー》にして頂けただろうに——」

「……ですが――！」

「それだけではない、あの方は我々を愛して下さる――あの方のあの、柔《やわ》らかで甘美《かんび》な温《ぬく》もりに包んで頂く事は、何にも代えられない無上の喜びさ。もっとも君の場合、女性の肌《はだ》の素晴らしさなど感じられないだろうけど――その体ではね？」

「……！　ハリム様――あなたは以前のハリム様では……！」

「そうだな。今の私はティファニエ様によって生まれ変わったと言える。身も心もね」

「ハリム様……！　そんな……！　将来を嘱望《しょくぼう》される行政官だったあなたが――！」

「さあ、敵の騎士を引き入れるような裏切り者を見過ごすわけには行かない――そこに搭《とう》載《さい》されている物資も徴発させて貰うよ」

「待って下さい……！　僕達に協力して下さい！　天恵武姫《ハイラル・メナス》が人々を苦しめるならば、それを止めさせなければ……！　それがこの国のために――」

「断る……！　ティファニエ様にお喜び頂く事が今の私の全《すべ》て――私はようやく自分の全てを捧《ささ》げるに足るお方に巡《めぐ》り合えたんだ。この国のためを考えても、ティファニエ様に全てをお任せするのが最善だとは思うけどね？」

「くっ……！　皆さん、済みません――僕では説得は難しいようです……」

「いえ、ある程度事情は把《は》握《あく》できましたから、十分です」

イングリスはイアンに一声かけると、すっとその前に進み出る。

このハリムというプラムの兄の話を聞くに、天恵武姫《ハイラル・メナス》のティファニエは、住民達から略奪《りゃくだつ》をするのは勿論、自分の手駒《てごま》となるべき者には天上人《ハイランダー》としての力を与えているようだ。

更にそれだけでなく、どうやら色仕掛《いろじか》けまでして、心まで篭絡《ろうらく》している様子も見受けられる。

エリスやリップル、システィア達のような他《ほか》の天恵武姫《ハイラル・メナス》とはまるで違う行動である。

彼女達は選んだ者を天上人《ハイランダー》にする権利など持っていない。

天上領《ハイランド》から遣わされた存在ではあるが、特にエリスとリップルは地上の国と人々を護《まも》る事を使命として考え、真摯《しんし》に取り組んでくれている。

色仕掛けで自らの手駒を増やそうなどという発想は持っていない。

もし持っていたら――エリスやリップルのあの美しさと実力ならば、きっと国は大変な事になっていただろう。

ともあれ、ティファニエは天恵武姫《ハイラル・メナス》としては異質に思える。

異質な実権、異質な性向を持っているのならば――

これまでとは違った戦いもまた、期待できるかもしれない。

それを楽しみとして――ひとまずは目の前の戦いだ。

イアンの説得は効果が無く、戦いは避《さ》けられそうにない。

「後はわたしに任せて下さい。むしろせっかく敵地に来たのですから、こうでないと張り合いが無いと言うものです。ふふふ――」

天恵武姫《ハイラル・メナス》と戦う前哨戦《ぜんしょうせん》として、丁度いい準備運動だ。

「いや、あの……そんなに嬉《うれ》しそうにされても――あの、改めて言っておきますが、ハリム様はプラムちゃんの兄君ですし、御《お》大臣《だいじん》の御子息《ごしそく》ですので……お願いですから、お命だけは――」

「勿論です。強者とは何度戦ってもいいですから。一度で倒してしまうのは勿体《もったい》ない。生きていれば、再戦する事も出来ます」

「……いや、ええと――同意して頂けるのは有り難いんですが、何だか理由がおかしい気がするんですが……？　だ、大丈夫でしょうか……？」

不安そうな顔をするイアンに、横からラフィニアが力強く頷《うなず》いた。

「大丈夫よ、イアン君。クリスはそれが普通だから」

「えぇ……!?　カーラリアの騎士って、それでいいんですか……!?」

「良くは無いけど、クリスはクリスだから仕方ないのよ。毒を以《もっ》て毒を制すってやつ？」

「は、はぁ……？」

「失礼な。大丈夫だよ、結果的には悪いようにはしないから。途中でわたしもちょっと楽しませてもらうだけだよ？」

「だといいけど。とりあえず、王都の大劇場みたいに、街を壊さないでよ？　皆隠《みんなかく》れてるんだからね」

「うん。分かってる」

頷いて、イングリスは更《さら》に前に進み出る。

その後方に、ラフィニアとレオーネとリーゼロッテが散開をした。

それを見たハリムは、小馬鹿《こばか》にしたような冷笑《れいしょう》を浮《う》かべる。

「フフ――無印者が何の冗談《じょうだん》かな？」

「いえ、冗談ではありません。この街もわたし達の物資も好きにさせるわけには行きませんので、抵抗《ていこう》させて頂きます」

「はははは……！　向かってくる以上容赦《ようしゃ》はできないが――？　本当にいいのかな？」

「ありがとうございます。そうして頂けると助かります」

「やれやれ、見た目だけはティファニエ様にも劣《おと》らぬ程なのに――本当に気でも触《ふ》れているらしいな……？　だがそういう者にも使い道はある――他の天上人《ハイランダー》に慰《なぐさ》み物《もの》としてくれてやろう。奴《やつ》らが気を取られている間に、私はティファニエ様との一時を過ごさせて頂くことにしよう」

「どうぞご自由になさって下さい。ただしわたしを倒せたら――ですが」

「ハッハハハハ！　無印者など、むしろ殺さぬように手加減するのが一苦労だよ！　後の騎士達《きしたち》も捕《と》らえて、同じく慰み物――だっっっ⁉」

高笑いしていたハリムの言葉が、途中《とちゅう》で切れる。

一瞬《いっしゅん》にして機甲鳥《フライギア》に乗るハリムにまで接近したイングリスが、首元を掴み上げていたのだ。

霊素殻《エーテルシェル》を発動した高速移動に、ハリムは全く反応できなかった様子である。

「ぐぅ……⁉　な、何だ、と……⁉」

「わたしには何を言っても構いませんが――ラニにおかしな事を言うのは止《や》めて頂けますか？　健全な心身の成長に支障を来たしかねませんので」

実際ラフィニアは、ハリムの言葉に「最低……！」と吐《は》き捨て、嫌悪《けんお》感を露にした表情をしている。

レオーネやリーゼロッテも同じようなもの。

隠れて聞いているプラムも嫌《いや》だろう。

黙《だま》らせておいた方がいい。

「が……はっ……！　この力、膨大《ぼうだい》な魔素《マナ》は――!?　な、何者だ……!?」

苦しそうに呻《うめ》きながら、ハリムは言葉を絞《しぼ》り出す。

今のイングリスは、以前エリスに見せた時と同じく、身に纏《まと》う霊素《エーテル》を魔素《マナ》に変換《へんかん》していた。

魔素《マナ》を認識《にんしき》する感性がある者に対する、力の可視化である。

天上人《ハイランダー》となったハリムはイングリスの意図通りそれを感じ取り、驚愕《きょうがく》している様子だ。

これで油断無く、全力で向かって来てくれるだろう。

やはり戦いは、相手に持ち得る限りの全力を発揮してもらい、それを受け止めて勝つのがいい。

それが最も、自分自身が成長できる道なのである。

「ただの従騎士ですよ？　戦場に立てばただの一兵卒ですので、一切の遠慮《えんりょ》も情けも不要です。油断をせず、全力で攻撃《こうげき》をお願いしますね？」

イングリスはそう念押《ねんお》しすると、ハリムの首元を掴んだ手を放し、機甲鳥《フライギア》から飛び降りる。

空中でくるりと一回転し、すたんと軽い音で地面に降り立つ。

「ではどうぞ――お願いします」

軽く身構え、笑顔で手招き。

ハリムの顔から先程《さきほど》のような油断と嘲笑《ちょうしょう》は消え、鋭《するど》い視線がこちらを見下ろして来る。

どうやら真剣《しんけん》になってくれたようだ。

久しぶりの実戦、戦場――待ちかねた。

せっかくのこの遭遇《そうぐう》戦、楽しませて貰おう。

「…………」

ハリムはすぐには動き出さない。

どういう手を打つか、思案している様子だ。

――だが、どのような手で来るかは、大方読めている。

天上人《ハイランダー》が扱う、異空間への転移の魔術《まじゅつ》だ。

レオーネの黒い大剣《たいけん》の魔印武具《アーティファクト》の効果に似てはいるが、単に異空間を生み出しそこへの退避《たいひ》や隔離《かくり》を行う奇蹟《ギフト》に比べて、天上人《ハイランダー》のそれは更に上位の効果がある。

異空間内に満ちる粒子《りゅうし》が魔素《マナ》の動きを阻《そ》害《がい》し、魔印武具《アーティファクト》を無力化するのだ。

このような力を持っているからこそ、天上人《ハイランダー》は地上に魔印武具《アーティファクト》をばら撒いても平気なのだろう。

もしその力で地上の騎士が手向かって来たとしても、異空間に引きずり込めばそれを無力化し、返《かえ》り討《う》ちにする事が出来るわけだ。

生まれつきの天上人《ハイランダー》ではなかったラーアルの父ファルスも、その魔術を使って来た。

恐らく、ハリムも使えるはずだ。

天上人《ハイランダー》にとっては切り札とも言えるような魔術だろうが、こちらの力を感じたハリムは、それをいきなり使って来ても可笑《おか》しくない。

それはそれで構わない。

異空間ならば、周囲の建物への被害《ひがい》を気にせずに戦える。

ラフィニア達の魔印武具《アーティファクト》は機能しなくなるため、敵を独《ひと》り占《じ》めできるというのもある。

さあ、早く異空間に引き摺《ず》り込んでくれ──全員、自分が戦わせて貰う。

イングリスは期待を込めてハリムを見ていたが──しかし。

「……行けっ！」

ハリムはサッと手を振り、連れていた部下に向けて指示をする。

様子見のつもりか、それともまだ侮《あなど》っているのか──

それも構わない。

その分長く戦いを楽しめるとも言える。

ハリムの連れている部下は、顔全てを覆《おお》う兜《かぶと》で表情の読めない兵士達だった。

以前イングリス達の故郷ユミルにやって来た天上人《ハイランダー》のラーアルが連れていた、奴隷《どれい》の大男と同じような雰囲気《ふんいき》だ。

彼等も天上人《ハイランダー》の護身用奴隷のような存在なのだろうか。

ともあれ物言わぬ兵士が二人、ハリムの指令に応じて機甲鳥《フライギア》の船首をこちらに向けた。

ジャキィン！

機甲鳥《フライギア》の船体前面に、いくつもの太い鉄の棘《とげ》がせり出す。

突撃《とつげき》用の衝角といった所か。

「なるほど――中々凶悪《きょうあく》な武器ですね」

機甲鳥《フライギア》の速力と重量を利用した突撃で、標的を串刺《くしざ》しにするわけだ。

こんなもの、何の力も無い人々が受けたら、ひとたまりも無い。

ハリムたちはこれで、各地を蹂躙《じゅうりん》していたのだろう。

機甲鳥《フライギア》から生えた棘は、こびりついて乾《かわ》いた血で赤く薄汚《うすよご》れていた。

「血で汚れてる……！　きっとあれで、罪も無い人達を何人も――許せない……！」

「ええ――！　その通りだわ……！　見つかって、逆に良かったわね……！」

「ですわね……！　これ以上あれに人を傷つけさせず、止める事が出来ますもの」

ラフィニア、レオーネ、リーゼロッテの三人がいきり立っている。

三人とも正義感が強く、心優《こころやさ》しい。

力を持たない人々が虐《しいた》げられているのを黙って見ていられるような少女達ではない。

それは悪い事ではない。

若さゆえに無謀《むぼう》な行動に出たり、判断を誤って失敗をする事もあるかも知れないが――

根底にはそういった性根《しょうね》を持ち続けていないと、いい騎士にはなれない。

人々を護り、導く事など出来ない。

だから、今世のイングリス・ユークスとしてはあえて理解を放棄《ほうき》する感情だが、ラフィニア達が縁《えん》も所縁《ゆかり》もない他国の住民達のために怒っているのは尊ぶべき事だ。

しかし――今あまりラフィニア達にやる気を出されると、イングリスとしてはちょっと都合が悪い。

もちろん、相手にできる敵の数が減るからだ。

今からでも異空間の展開に切り替《か》えて頂けると、敵を独り占め出来ていいのだが――

ブイィイィン！

しかしイングリスの願いは叶《かな》わず、敵の機甲鳥《フライギア》の動力部が、唸《うな》りを上げた。

全速力の猛烈《もうれつ》な加速をつけて、真《ま》っ直《す》ぐこちらへと突っ込んでくる。

機甲鳥《フライギア》の高速と質量を活《い》かした、突撃攻撃《とつげきこうげき》。

余りにも前のめりな姿勢は、もし避けられたら確実に地面か建物に突っ込んでしまうであろう、捨て身の勢いだった。

「……!?　あんなの避けられたら自爆《じばく》するわよ！」

「ラニ、みんな、下がって！」

イングリスの呼びかけに散開するラフィニア達。

そしてイングリス自身は、動かずその場に止《とど》まった。

――これで狙《ねら》われるのは自分だけ。

つまり、独り占めの状況《じょうきょう》だった。

敵の無茶《むちゃ》とも思えるような動きに感謝をしよう。

そしてその、避けられたら自滅《じめつ》する程の捨て身の突進《とっしん》は――

イングリスを相手にするには、実に正しい攻撃だと言える。

何故《なぜ》なら、敵の攻撃を避けるつもりなど、イングリスには毛頭無いのだから。

——敵の攻撃は、正面から受け止めるものだ！

「はぁぁぁっ！」

がしぃぃぃっ！

イングリスは目の前に迫《せま》る機甲鳥《フライギア》の衝角に手を伸《の》ばし、真っ向から受け止めた。

左右の手で一機ずつ、完全に動きを止めて捕《つか》まえていた。

ブイイィィィイインッ！

無理やり機動を止められた機甲鳥《フライギア》は、まるで悲鳴のように、一段と高い駆動音《くどうおん》を響かせる。

「中々の手応《てごた》えです……！　悪くありません——」

霊素殻《エーテルシエル》を使用せず、魔術による超重力《ちようじゆうりよく》の負荷《ふか》をかけた状態の肉体には、丁度いい負荷だ。

もう二、三機追加で突っ込んで来て頂けると、もっといい訓練になるだろう。

幸い上にはまだ多数の機甲鳥《フライギア》がいる。

あれを呼び込んで、皆《みな》で力比べというのも悪くない。

「馬鹿《ばか》な……⁉　そ、その細身の何処《どこ》にそんな腕力《わんりょく》が……⁉　まるでティファニエ様のようだ……！」

その光景に、ハリムは驚きを隠《かく》せない様子である。

「ですが、やはり二機では足りませんね……！」

イングリスが更に力を込めると、二機の機甲鳥《フライギア》は完全にお尻《しり》を真上に持ち上げられ、身動きを封《ふう》じられる。

ギャガガガガガガガガガガッ！

どこかがおかしくなったのか、機体から異様な音が響き始める。

「さあ皆さんも遠慮なく、加勢なさって下さい？　わたしは多勢に無勢を卑怯《ひきょう》などと、無《ぶ》粋《すい》な事は言いませんので――戦いは相手が多ければ多い程、いいものですよね？」

イングリスはたおやかな淑女《しゅくじょ》の微笑《びしょう》を添《そ》えて、敵兵達を促《うなが》す。

これがダンスや食事の誘《さそ》いなら、絶世の美女からのお誘いに誰《だれ》もが喜ぶ所なのだが――

高性能の機甲鳥《フライギア》を力任せに捻《ね》じ伏《ふ》せながらだと、また趣《おもむき》が違う。

事実、ハリムの目に映るイングリスは、その見た目の美しさが故に、逆に何か底知れぬ恐ろしさを感じさせるのだった。

「う――ぐ……！」

先程、気配も感じさせずにハリムを絞《し》め上げたのは、見間違《みまちが》いでも、偶然《ぐうぜん》でもない。

しかし――ハリムにも、策がある。

「どうしました、ハリムさん？　あなたでも部下の方でも構いませんので、早く加勢をどうぞ」

「――いや、その必要はない」

言うハリムの表情に先程の驚きや焦《あせ》りは無く――

すっかり余裕《よゆう》の、冷笑を浮かべていた。

そして、ぱちんと一つ、指を弾《はじ》く。

カッッッ――――――！

イングリスが捻じり上げていた、二機の機甲鳥《フライギア》――その操縦桿《そうじゅうかん》を握《にぎ》っていた敵兵の体が、急激に眩《まぶ》しい光に包まれる。

「……!?」

これは――この魔素《マナ》の急激な膨張《ぼうちょう》は――！
しかも敵兵から発せられたそれが機甲鳥《フライギア》に伝わると、さらに一段と魔素《マナ》の暴走が加速し
――

「くっ――！」

イングリスは慌てて強く地を蹴《け》る。

機甲鳥《フライギア》を二機抱《かか》えたまま、周囲の建物の屋根の上あたりまで飛び上がった所で――


ドゴウウウゥゥウンッッッ！


敵兵は乗っていた機甲鳥《フライギア》ごと、巨大《きょだい》な爆発《ばくはつ》を起こしたのだった。

それを察知したイングリスは、ラフィニア達や建物を巻き込まないように、咄嗟《とっさ》に上に飛んだのである。

「クリスっ⁉」

「イングリス！」

「イングリスさんっ⁉」

ラフィニア達の悲鳴が響く。

至近距離《きより》の爆発にイングリスの体は大きく弾き飛ばされ、部屋を借りた宿の壁《かべ》にぶつかり、そのまま突《つ》き破《やぶ》って室内に落下した。

「ハハハハハ！　咄嗟の反応は大したものだ――！　だが、甘《あま》いのだよ！　周りを庇《かば》おうとしたばかりに、命を失う事になってしまったようだな⁉」

ハリムが会心の笑《え》みを浮かべている。

なるほど、はじめから狙いはあの自爆攻撃《じばくこうげき》だったようだ。

であれば、敵の自爆覚悟《かくご》のような前のめりな突撃も頷ける。

何せ本当に自爆を覚悟していたのだから――

ハリムの指示で自由に自爆させられるのだろう。

元々は反逆を防ぐための仕組みなのかもしれないが――

それを攻撃手段に転用したわけだ。

しかも恐らく、天上領《ハイランド》の機甲鳥《フライギア》に存在する、攻撃の魔術を増幅《ぞうふく》して撃《う》ち出す攻撃機構と併用《へいよう》する事で、威力《いりょく》を爆発的《ばくはつてき》に高めている。

そしてこれを天上人《ハイランダー》の魔術による異空間でやらないのは、周囲の建物や人を、人質《ひとじち》に取るため。

もしあの敵の初撃をイングリスが避けていたら、敵はその場で爆発し、周囲に被害が出た。

それを見せられると、二発目からは避け辛《づら》くなる――という事だ。

これは、異空間ではできない戦法だ。

つまりハリムは手を抜《ぬ》いたのでも、様子見をしたのでもなく、最初から全力で攻撃をしてきたのだ。

――中々に非道で、イングリスとしても敵が自爆していなくなってしまうので、何も楽しめない戦法だが。

だが――戦術としては中々のものだ。

「お、お嬢《じょう》ちゃん――!?　あぁぁ……こんな事になるなんて――！　ごめんよ……！　ごめんよ――！」

宿の女将《おかみ》が、破壊《はかい》された部屋に慌《あわ》てて飛び込んで来た。

彼女が倒《たお》れたイングリスに駆《か》け寄って、涙《なみだ》を浮かべる前で――

ひょこん。

とイングリスは身を起こした。

「えぇぇぇぇっ!?」

「あ、女将さん。済みません、部屋を壊《こわ》してしまって……」

ぺこり。

と頭を下げるイングリス。

「い、いやそれはいいんだけど――ちょ、ちょっと待ちなよあんた……！　隠れて見てたけど、す、凄《すご》い爆発して凄い音してたよ……？　あんなの無事で済むわけない。何でそんなにピンピンしてるんだい……!?」

「まあ、それなりに鍛《きた》えていますので――」

ぽんぽん、と服についてしまった埃《ほこり》を落としつつ、イングリスは微笑で応じる。

爆発の寸前、霊素殻《エーテルシエル》を発動して身を覆ったのだ。

霊素《エーテル》の防壁《ぼうへき》は、あの程度の爆発では貫《つらぬ》く事など出来ない。

ただ、踏《ふ》ん張《ば》りの利《き》かない空中で至近距離で爆風《ばくふう》を浴びたため、体が弾かれてしまうのはどうしようもなかったが。

「よ、よくもクリスを……！　あんな汚《きたな》い手を使って――！」

外から聞こえるラフィニアの声が、怒《いか》りに震えている。

「あ、まずい――すみません女将さん、お詫《わ》びは後で……とうっ！」

イングリスは元気に、穴の開いた部屋から外に飛び出す。

「待って、ラニ――！」

空中で宙返りを交えて姿勢を制御《せいぎょ》。

ラフィニア達とハリムの睨《にら》み合う中間へと舞《ま》い戻った。

すたんと着地を決めると、後ろから痛い位に抱《だ》き着かれた。

「クリス……！　だ、大丈夫《だいじょうぶ》⁉　怪我《けが》は……⁉」

「全然無いよ？　大丈夫大丈夫、わたしは平気だから」

「ホントに――？　ここは……⁉」

「ひゃ……っ⁉　い、今そんなところ触《さわ》らなくていいでしょ――⁉」

「だってホントに無傷なんだもん……！　心配して損したわよ、ちょっとくらい怪我して痛い目にあったらいいのに――怪我なら治してあげるし」

「ええ……？　そんな――」

「だってそしたら、クリスも無茶ばっかりできなくなるでしょ？　いっつも心配させるんだから――」

「あはは、ごめんごめん。びっくりさせちゃったね。わたしもちょっと予想外の攻撃だったから――」

まさかいきなり部下を自爆特攻《じばくとっこう》に使うとは、中々に非道な作戦だった。

「ホントよ！　いきなりあんな、人を人とも思わないような……！　プラムには悪いけど、ロクなものじゃないわね……！　天上人《ハイランダー》って本当に腹の立つ奴が多いわ……！」

「戦術としては有効だったけど――実際今、虚《きょ》を衝《つ》かれたし……でも、あんな勿体ない戦術、ラニの言う通り感心はしないね」

イングリスが目線を向けると、ハリムは驚きを隠せない様子だった。

「馬鹿な――アレが無傷だと……!?　いや、だが直接傷がつけられぬのならば――」

また何か、企《たくら》んでいるのだろうか。

まだ戦意を失っていない様子なのは、結構な事ではあるが――

「おい――今の爆発を見ただろう？　私の指示一つで、奴等はすぐにそこらの建物に突っ込み、自爆をして見せる……この意味が分かるか？」

「――中に隠れている住民の皆さんを人質に取ったも同然……という事かと思いますが」

イングリスが応じると、ハリムはにやりと笑みを見せる。

「ご名答！　物分かりがいいようで何よりだ」

「……!?　汚いわよ！　まともに戦えないの、あなた!?」

ラフィニアがハリムに食ってかかる。

「ハン……！　正々堂々などに何の価値も無いな――！　全てはティファニエ様のために……！　あの方は利のためには手段などお問いにはならない！　むしろ今の様子を見たら、面白《おもしろ》いとお喜び下さるさ！」

ハリムはそうきっぱりと言い切る。

「……どんな天恵武姫《ハイラル・メナス》なのよ――こんな事認めるなんて……！」

「天恵武姫《ハイラル・メナス》にも色々いるという事なのね――信じたくないけれど……！」

「エリス様やリップル様にお護り頂いているわたくしたちは、幸運なのですわね――」

ラフィニア達は、まだ見ぬティファニエという天恵武姫《ハイラル・メナス》への嫌悪感を露《あらわ》にする。

「ふふふ……会えるのが楽しみだよね」

イングリスにとっては、そういう事だが。

「ティファニエ様にお目にかかる事などできないさ。何故ならここでお前達は……！　さあ住民達の命が惜しくば――分かっているな!?」

「く……!?　ま、まずいわ。クリス……！」

「下手に逃《に》げられない――！」

「反撃《はんげき》もできませんわ……！」

下手に逃げても、反撃をしても、ハリムは部下を住民諸共《もろとも》自爆させるつもりだ。

住民を守る事を放棄するというのであればまた別だが、それを簡単に決断できるラフィニア達ではない。

もしそうしてしまったのなら、ラフィニア達の心には傷が残る事になるだろう。

ならば、ここは——

「ええ分かっています。つまり——」

イングリスは掌《てのひら》を空に翳《かざ》しながら、一歩前に出てハリムに応じる。

「やられる前にやれ、ですよね？」

「「「へ……？」」」

——霊素弾《エーテルストライク》！

ズゴオオオオォォォォォッ！

巨大な青い光弾が唸りを上げて、地面から空に向かって疾走《しっそう》する。

その膨大な破壊力《はかいりょく》に呑《の》み込まれ、機甲鳥《フライギア》ごとハリムの部下が二人、一瞬で消滅《しょうめつ》して行った。

——しかしまだ、二人が消滅しただけ。

他の大多数は健在である。

「な……っ⁉　貴様、いい度胸だ……！　ならば見せしめに——！」

そう言ってハリムがイングリスを睨み付けようとした時——

すでにその姿は元の場所には無かった。

「む……!? どこだ――!? いやどこであろうと――! やれっ!」

「させません――! はあああぁぁぁぁっ!」

そのイングリスの声が響《ひび》いた方向は――

敵兵を呑み込んだ霊素弾《エーテルストライク》の進路上だった。

霊素殻《エーテルシエル》の輝《かがや》きに包まれて、既《すで》に大きく蹴りを振《ふ》りかぶっている。

ドゴオオォォォォォンッ!

イングリスが蹴り足を振り抜くと、霊素弾《エーテルストライク》の軌道《きどう》がガクンと折れ曲がり、その進行方向にいた別の敵兵を呑み込んで機甲鳥《フライギア》ごと消滅させた。

「か、構うな……! 散開して各個に突撃しろっ!」

しかしハリムの命じた散開と個別突撃よりも、イングリスの動きの方が圧倒的《あっとうてき》に速かった。

ドゴオオォォォォォンッ!

再び打撃音《だげきおん》が鳴り響くと、霊素弾《エーテルストライク》の軌道が変わって別の敵兵を呑み込む。

ドゴオォォッ！　ドゴオォォッ！　ドゴオォォッ！　ドゴオォォッ！　ドゴオォォッ！

縦横無尽《じゅうおうむじん》に動き回る霊素弾《エーテルストライク》が軌道を変える度に、敵兵が確実に減って行く。

そして――

「はあぁぁぁぁぁぁっ！」

ドゴオオォォォォォォンッ！

「うおおおぉぉぉぉぉっ!?」

最後に真上に撃ち上がった霊素弾《エーテルストライク》は、ハリムの面前を掠《かす》め、天高く昇《のぼ》って消えて行った。

そしてその時――ハリムの連れていた部下達は全て、光に呑まれて消滅していた。

無論ハリムに当てようと思えば当てられたが――そこはイアンの願いを聞いたままでだ。

「ほ、ほんとにやられる前にやったわね……」

「す、すごい……！」

「ま、眩しすぎて目を開けていられませんでしたわ……！」

「本当ならゆっくり戦いたかったけど――事情が事情だから……ね」

せっかくの実戦の機会だ。

イングリスとしては、それがどんな状況であろうとも、最大限自分の成長に繋《つな》がるような戦い方をしたい。

こんな、圧倒的な力で相手を瞬殺するようなやり方は、本当は好みではない。

消滅して行ったハリムの部下達《たち》には、憐《あわ》れみを禁じ得ない。

生きてさえいれば、また戦えたかもしれないのに――

だがハリムの意思一つで周囲を巻き込んで爆発してしまう彼等《かれら》への対抗《たいこう》手段は、この状況ではこれしかなかった。

人道的な問題を無視すれば、ハリムの戦術は中々に効果的だったのだ。

彼の頭脳の優秀《ゆうしゅう》さは分かった。

そして、決して褒《ほ》められた人間性ではないという事も。

「まあ新しい技も試《ため》せたから、良しとするしかない――よね」

正確には新しい技と言うより霊素弾《エーテルストライク》や霊素壊《エーテルブレイカー》の応用だが。

攻撃したら周囲諸共《もろとも》巻き込んで自爆するような相手は、霊素弾《エーテルストライク》で有無《うむ》を言わさず消し去ってしまうのが一番。

しかし、あれだけ散開している相手を全《すべ》て消し去る程《ほど》に霊素弾《エーテルストライク》を連射する事は、イングリスの霊素《エーテル》の持久力では不可能だ。

ならば、一度撃《う》った霊素弾《エーテルストライク》により多くの敵を倒して貰《もら》う事が必要になる。

つまり、直線軌道のみではなく、敵を追い続ける誘導弾《ゆうどうだん》だ。

しかし扱《あつか》いの極《きわ》めて難しい力である霊素《エーテル》を、そこまで制御する技術もイングリスには無い。

直線軌道を曲げる事さえ出来ないのだ。

霊素《エーテル》の制御技術に極めて優《すぐ》れている血鉄鎖《けってつさ》旅団の黒仮面ならば、それも可能かもしれないが――

霊素弾《エーテルストライク》の誘導弾を放てないイングリスにも出来るのが、先程のあれ――つまり、霊素弾《エーテルストライク》の軌道に先回りして、霊素殻《エーテルシエル》の打撃《だげき》によって無理やり軌道を変更《へんこう》し、疑似的《ぎじてき》な誘導弾として一発の霊素弾《エーテルストライク》で可能な限り多数を巻き込む、という事だ。

「滅茶苦茶《めちゃくちゃ》力任せの荒業《あらわざ》だったわね――光の弾を蹴飛《けと》ばして無理やり方向変えるなんて」

「まあ、でもイングリスらしいわ。すごく――」

「ですわねえ……」

「そうね。可愛《かわい》い顔してこの世の全ての問題は全て殴《なぐ》って解決！　だもんね、クリスは」

「失礼な。わたしは出来るだけ多くの戦いを経験したいだけで、問題を解決したいわけじゃないんだよ？」

「いや余計悪いでしょ、それ――」

「それに、さっきのあれだって結構難しいんだよ？」

力任せの荒業に見えるかも知れないが、これはこれで繊細《せんさい》な技術が必要だった。

何故なら、イングリスが特に何も意識せず霊素弾《エーテルストライク》に対して霊素殻《エーテルシエル》の打撃を叩《たた》きこめば、威力の相乗効果で数倍の破壊力がその場で炸裂《さくれつ》してしまう。

それがつまり、虹の王《プリズマー》の幼生体を撃破《げきは》した技、霊素壊《エーテルブレイカー》である。

打撃を加えて軌道だけが変わるようにするには、イングリスの本来のものとは意識的に霊素《エーテル》の波長を変えてやる必要があった。

最近になって、僅《わず》かながらイングリスにも霊素《エーテル》の波長を変える事が出来るようになって来たおかげである。

先日のワイズマル劇団の公演を手伝った件で、ユアと手合わせをしたり、近くでその高度な力の制御技術を観察しているうちに、力の波長や流れと言うものを、より深く意識する事が出来るようになっていた。

その成果がこれだと言える。

ユアもユアで虹の王《プリズマー》の力を逆に取り込んで力を増したような様子を見せていたし、次に再戦する時が楽しみだ。

ユアは何か理由が無いと全く手合わせをしてくれないので、またいい口実を見つける必要があるが。

「まあ、それはそうと――」

イングリスは一人取り残されたハリムへと視線を向ける。

「くうううう……！　な、何だとあんな一瞬で全滅《ぜんめつ》……!?　ば、化物か――!?」

慄《おのの》くハリムに、イングリスは笑顔《えがお》を向けた。

「さあ、リックレアにお戻《もど》りになって、ティファニエさんにお伝え下さい。近々そちらに伺《うかが》いますので、手合わせをお願いします――と。よろしくお願いしますね？」

「くっ……！　見逃《みのが》すというのか、いいだろう後悔《こうかい》させてやる――！」

ハリムはそう言い残すと、ふっと姿を歪《ゆが》ませて、機甲鳥《フライギア》ごと姿を消した。

異空間に転移する魔術を、逃亡《とうぼう》用に応用したのかも知れない。

「まあ、今日の所はこんなもの――かな」

物足りなさは残るが、習得したばかりの技術を実戦で試せたので、良しとしておこう。

――しかし、良しとしておけない者達もいる。

「ハリム様――信じられません、僕《ぼく》には……」

イアンは項垂《うなだ》れ、消え入りそうな声で呟《つぶや》いていた。

「あっ……！　おいこらプラム！　まだ出るなって！」

プラムとそれを追いかけるようにラティが、機甲親鳥《フライギアポート》の積み荷から駆け出して来た。

「お兄ちゃんの馬鹿――ッ！　どうしてこんなひどい事をするんですか……!?　これに懲《こ》りたら、もう二度と来ないで下さい……！」

しかし、プラムがその声を向けたハリムはもう姿を消して、誰も答える者はいない。

「ってて……あいつ暴れるから、押《お》さえとくの大変だったぜ――」

どうやらハリムの前に飛び出してしまいそうなプラムを、ずっとラティが押さえていたようだ。

地味だがこれは結構重要な役目である。

「お疲《つか》れ様《さま》です、ラティ君――」

「ああ――それにしてもハリムの奴《やつ》……！　くそっ……！」

アルカード出身の三人には今日の事はとても、応《こた》えた様子だった。

ツィーラの街での遭遇戦《そうぐう》の後、イングリス達は街を出て北へと向かった。

急いで移動をしつつ、リックレア方面か王都方面か、どちらを優先するかを検討するという、皆で打ち合わせた通りの行動である。

道中の街で情報収集をすれば、分岐点《ぶんきてん》でどちらに向かうかを判断する材料にもなる。

五日後――イングリス達はその分岐点と目される街に到達《とうたつ》していた。

だが、どうにも様子がおかしい。

機甲親鳥《フライギアポート》からの遠見だが、異様な静けさなのだ。

人が動いている姿が全く見えなかった。

何かしらの異変の気配を感じて、イングリス達は急いで様子を見る事にした。

機甲親鳥《フライギアポート》を付近に隠してから向かう事はせず、直接街に乗り付けたのだ。


ぐぎゅううううぅぅぅ～～～～！　ぐぎゅううううぅぅぅ～～～～！

機甲親鳥《フライギアポート》を降りると、イングリスとラフィニアのお腹《なか》が盛大に鳴った。

二人とも、とてもお腹を空《す》かせていたのである。

「ふう……」

「はあ……」

二人揃《そろ》って、お腹をさすってため息を吐《つ》く。

「す、凄い音したわね……二人とも大丈夫？」

「ちょっとはしたないですわねえ……」

「やれやれ、緊張感《きんちょうかん》が削《そ》がれちまうわなあ」

「で、でもイングリスちゃんとラフィニアちゃんが我慢《がまん》してくれてるおかげで――」

「そうですよ、皆さん。おかげで多くの方々が、糊口《ここう》を凌《しの》ぐ事が出来たかと思います。ですから、これは聞かなかった事にしておきましょう――」

イアンが上手《うま》く皆を誘導《ゆうどう》した側から――

ぐぎゅううううぅぅぅ～～～～！　ぐぎゅうううううぅぅ～～～～！

「でもさ、イアン。気にするなって言っても、ずっとこれじゃなあ――」

「「「ははは……」」」

皆が乾いた笑みを浮《う》かべる。

「……確かにこれでもわたし達も貴族の娘《むすめ》だし――それにしては、ちょっとはしたないかも知れないいね？」

「仕方ないわ、これでいいのよ。あたし達は何も間違《まちが》ってないわ……！」

ラフィニアはきっぱりとそう言い切る。

何がどうなってこんなにお腹を空かせているかと言うと、ここに至るまでに立ち寄った街や村の様子のせいだ。

どこもツィーラの街と同じ、いやそれ以上に無茶な食糧の徴発《ちょうはつ》を受けて、住民達が飢餓《きが》状態に陥《おちい》っていたのだ。

それを見て見ぬふりをしないラフィニアは、行く先々で食糧を分け与《あた》えた。

そうすると、自分達用に過剰《かじょう》なまでに大量に用意して来た兵糧《ひょうろう》も底を突《つ》きかけ、今のような常時空腹状態に陥っているのだった。

孫娘《まごむすめ》のように可愛いラフィニアのする事であるし、していること自体も立派な事なので、イングリスも無論付き合うのだが――

これがなかなかに辛《つら》いのである。

「貴族の娘としてより、人としてよ。あたし達が助けなきゃ、あの人達はどうなってたのよ？　あたしは少しも恥《は》ずかしくないわよ。正しい事をした結果だもの」

ぎゅ～ぐぐ～～！

お腹を鳴らしながら、ラフィニアは胸を張る。

「ラニ――」

こういう時のラフィニアは頑固《がんこ》だ。

自分の中に確固たる芯《しん》があり、自分の正義感や信念を決して曲げようとしない。

それは騎士《きし》や人々を導く領主の一族として、必要なものだろう。

普段《ふだん》から品行方正な兄のラファエルと、普段はだらしのないところもあり、イングリスに甘えもするラフィニアだが、二人の根底にあるものは同じだ。よく似ている。

「ほら、お腹が鳴るのが嫌《いや》なら、これ食べましょ。少しは誤魔化《ごまか》しが利くわよ？　はいほらお砂糖」

「また雪を食べるの――？　仕方ない……お腹に溜《た》まらないけど――」

そこらにいくらでもある雪の綺麗《きれい》な部分に、砂糖を振りかけ、口に運んだ。

「仕方ないでしょ？　これならいくらでもあるんだから――」

「まあ、そうなんだけど――」

「と、とりあえずイングリス達はそこにいて？　私達は先に街の様子を見て来るから」

レオーネ達はイングリス達を置いて、先に街に入って行く。

イングリス達はそれを見送りながら、雪を口に運ぶ――

砂糖のおかげで甘くはあり、デザートのようではあるが、やはり食《た》べ応《ごた》えは無い。

「……ねえラニ。最悪、魔石獣《ませきじゅう》を捕まえて食べようか？」

「――非常食としては考えなきゃいけないかもね……でも、あんまり虹の雨《プリズムフロウ》を見ないわよね、この辺りって」

「そうだね――」

元々、アルカードは土地柄《とちがら》として虹の雨《プリズムフロウ》の量が少なく、必然的に魔石獣の被害《ひがい》も少ない傾向《けいこう》にあった。

そこに虹の王《プリズマー》らしき魔石獣が現れ、リックレアの街を滅《ほろ》ぼしてしまった。

虹の雨《プリズムフロウ》も当然増えていると思われるのだが――

「カーラリアの領内だったら、機甲親鳥《フライギアポート》で空から見たら、虹の雨《プリズムフロウ》なんてすぐ見つかるのにね？」

確かにラフィニアの言う通りではある。

機甲親鳥《フライギアポート》でアルカード領内を移動していても、遠くの空に虹の雨《プリズムフロウ》らしきものの影《かげ》すら見る事が無かった。

「そうだよね。偶然なのか、虹の雨《プリズムフロウ》が増えたって言っても、カーラリアに比べればまだまだ大した事がないくらいなのか……ちょっと分からないね」

「出て来て欲《ほ》しい時に出てこないんだから、ったく――とりあえず雪しかないわよ。雪だけはあたし達を裏切らないわ！」

「はぁ――仕方ない。味も飽《あ》きるから、ちょっとお砂糖じゃなくて塩を試してみようかなあ……」

「あ、じゃああたしも――」

塩を振りかけて雪を口に運ぶと、当然だが塩の味がした。

しょっぱい――

「はぁ……お肉が食べたい……」

「そういう事口に出さないでよ、クリス。余計辛いから――」

「うん……そうだね」

「それにしても、出て来て欲しい時に出てこないと言えば血鉄鎖旅団もそうよね。天上人《ハイランダー》がこんなに無茶苦茶《むちゃくちゃ》やってるんだから、ここに駆け付けて来てみんなやっつけちゃえばいいのに……！　セイリーン様を襲《おそ》ったり、カイラルの城を襲ってる場合じゃないわよね――！」

言いながら、むしゃむしゃと雪を口に運んでいる。

「……そりゃあ、活動範囲《はんい》がカーラリアの国内だけなのかもしれないけど、あんな大きな飛空戦艦《せんかん》だって持ってたし、ここまで来られないわけが無いと思わない？」

「……うん。来られるだろうね。来ようと思ったら」

「それをやらないで、何のための反天上領《ハイランド》組織なのって感じよ！」

「わたし達もここに来るまでこんな状況《じょうきょう》だって言うのは知らなかったから、気付くのが遅《おく》れてる可能性はあるけど――」

だが、イングリス達よりも、血鉄鎖旅団の方が情報網《じょうほうもう》は広いはずではある。

こちらより先に動いていても何ら不思議ではない。

しかし、アルカードに入ってからと言うもの、血鉄鎖旅団の気配は全く感じられない。

「でも多分、こっちには手を出してこないんじゃないかな？」

「……どうして？」

「今まで見て来た血鉄鎖旅団の動きを見てると……ね。そんな気がするだけだよ」

正確には——血鉄鎖旅団の動きの結果、その後何が起きたか。

反天上領《ハイランド》を掲《かか》げ、事実そのように、天上人《ハイランダー》に対して敵対的な動きを見せているが——

彼等の動きの後の、状況の変化。

人の立場の変化。

そういったものを見ていると、ある法則がある気がしなくもなかった。

地上に害を及《およ》ぼす天上人《ハイランダー》を攻撃《こうげき》するのは確かだが、決して手《て》あたり次第《しだい》というわけではないように思えるのだ。

それは——あの黒仮面の正体が、何者かと言う事にも繋がるかも知れない。

ただ、完全に可能性の話。

推測の域を出ないし、下手すれば邪推《じゃすい》になる。

だからまだ、詳《くわ》しく語るのは憚《はばか》られる。

今回の件で血鉄鎖旅団がどう動くか——もし姿を見せないのならば、イングリスの推測もより可能性が高くなってくるだろう。

「それクリスの願望？　悪い天上人《ハイランダー》は自分が戦いたいからって？」

「いや、わたしは血鉄鎖旅団が乱入してくるなら歓迎《かんげい》だよ？　戦う相手が増えるのはいい事だからね？　前に王宮に血鉄鎖旅団が攻《せ》めて来た時とか、楽しかったでしょ？」

「楽しくない楽しくない……！　楽しんでたのはクリスだけだから」

「……楽しんだ方がいいと思うんだけどなあ。みんなも戦いそのものを楽しむようになれば、世界はもっと平和になるよ？」

「ええ……!?　どうしてよ、おかしいでしょそれ」

「おかしくないよ。戦いそのものを楽しむ人は戦ってるだけで満足できるから、考え方の違《ちが》いなんて気にならなくなるんだよ。だから戦いを自分の利益とか、主義主張を押《お》し通すためとか、つまり問題解決の手段にはしないの。そうすると少なくとも人間同士は今より平和になるでしょ？」


前世を人々を導く王として、そして今を武を極めんとする一介《いっかい》の従騎士の少女として、両方の立場を経験すると、そのように思えなくもない。

ぶにっ！


しかしラフィニアのお気には召《め》さなかったようで、ほっぺたを引っ張られる。

「ふ・ざ・け・て・な・い・でっ！　真面目《まじめ》に考えなさいよっ！」

「ひょえっ⁉　ふりゃへへにゃにゃひょ。みゃりゃめにゅきゃきゃりゃへりゃ――」

「いーやふざけてるっ！　それって皆《みんな》がクリスみたいになるって事でしょ？　クリスが増えていいわけないじゃない、今だってあたしがちゃんと見てるからまだ許されてるだけなんだし――クリスが増えたら何人も面倒《めんどう》見なきゃいけないから、あたしが大変……！」

「ふひゅひゅひゅひゅひゅ……」

「ん？　何、どうしたのよ？」

「じゃあ、大変だけどわたしが二人に増えたらよろしくね？　増えないとも言い切れないから――」

「ええ……⁉　な、何でよ――？」

「このままアルカードの王都に行けば、イーベル様が残した研究設備が残ってるかもしれないから――イアンさんの体を沢山《たくさん》作ったやつね？　それが使えそうなら、わたしの分身も作ってみるつもりだから」

「な……⁉　ちょっと、それが王都に行きたい本当の目的だったの⁉」

「それだけじゃないけどね、色々な状況を見て総合的に判断ってやつ？」

イングリスがもう一人増えるなら、そのもう一人の自分はきっと自分の考えに賛同し、共に腕《うで》を磨《みが》き続けて成長してくれる、最高の手合わせの相手になってくれるはず。

もう強い相手を求めて探し回る必要は――

無くなる事は無く、自分の成長のためには色々な相手をこれからも求め続けるが、それでも相手がいなくて退屈《たいくつ》する、と言う事は無くなるのだ。

人生は短い。

戦う相手が見つからず、腕を夜鳴きさせる時間は惜《お》しい。

それを埋《う》めてくれる相手は、絶対に有意義であり必須《ひっす》だろう。

「それは、ダメね――絶対先にリックレアの監獄《かんごく》を解放しに行かなきゃ……！」

「でもそれはそれで、色々――」

と、イングリスが応じようとした時――

「あああぁぁぁぁぁぁあっ!?」

遠くから、悲鳴が響いて来た。

「!?　な、何――!?」

「今の、プラムの声だったね――」

「何かあったんだわ、行きましょクリス！」

「うん――！」

イングリスとラフィニアは、雪を食べる手を止めて、声のした方へ向かう。

それは静まり返った街の一角にある、石造りの教会の建物だった。

中に入ると誰《だれ》の姿も無いが、すすり泣くようなプラムの声だけは聞こえて来る。

「プラム……!? どこ!?」

「地下室がありますわ！ 入って右手の奥《おく》の部屋です！」

ラフィニアの呼びかけに応じたのは、プラムではなくリーゼロッテの声だった。

どうやら、こちらより先に駆《か》けつけていたらしい。

言われた通りに進むと、地下に進む隠《かく》し階段《かいだん》の入り口が開いていた。

薄暗《うすぐら》い足元の階段を駆け下りて――そこには既に、レオーネやラティやイアンの姿もあり、イングリスとラフィニア以外は全員揃っていた。

だが人影《ひとかげ》は、それだけではなく――

「う……！」

「ああ――ひどい……！」

何人もの子供達が、身を寄せ合うようにして床《ゆか》に倒《たお》れ伏《ふ》していたのだった。

皆不自然に痩《や》せこけており、一目に栄養状態が悪かったと分かる。

そして目立った外傷は無く、つまり全員餓《が》死《し》したのであろうと容易に想像できた。

「多分、天上人《ハイランダー》の襲撃《しゅうげき》からこの子達を隠したのはいいけど――その後、誰も救助が来なかったんだね……だから、こんな──」

まだ十にも満たないような子供達だ。

街の大人達は必死でこの子達を匿《かくま》ったのだろう。

その心は残念ながら──報《むく》われることが無かった、という事だ。

「大人の方々の姿は見えませんでしたが……どこに──？」

「多分、リックレアに連れて行かれたか、外に倒れていても、雪に埋もれて……」

イアンの言葉にイングリスが応じる。

多分雪を掘《ほ》り返せば、いくつかの遺体は見つかるだろう。

「リックレアに近づけば近づくほど、どんどん村や街の被害が大きくなっていますわ。このままでは、わたくし達が通って来た村や街も、いずれ──」

「……早くしなきゃ──！　こんなこと続けさせちゃダメよ、絶対……！」

ラフィニアの目に強い決意が宿っていた。

「お、お兄ちゃんが──ハリムお兄ちゃんがこんな事をして──わ、私……皆さんに何て言えばいいか……ご、ごめんなさい──ごめんなさい……！」

ハリムの妹であるプラムの受けた衝撃《しょうげき》は、生半可なものではなかったようだ。

その場に崩《くず》れ落ちてしまい、立ち上がれない様子だった。

声を震《ふる》わせ、大きな瞳《ひとみ》からはぽろぽろと大粒《おおつぶ》の涙《なみだ》が零《こぼ》れていた。

「プラム……！」

ラフィニアが彼女《かのじょ》に何か声をかけようとするが――

それをぐい、と押し止《とど》めた者がいた。

無論、それはイングリスではなく――レオーネだった。

その目が、私に任せて、と言っているようである。

ラフィニアを制すると、レオーネはプラムの横に跪《ひざまず》いた。

「プラム――辛いのは分かるわ、悲しいのも分かる……自分の家族が――お兄さんがやった事だもの、責任を感じるのよね……？　もしかしたら、自分が何か出来たのかもしれないって思えて――でももう、自分には何も出来なくて、どうしようもなくて……」

「ううううう……っ！　は、はい……わ、私ぃ……私今さらどうしたら――こんな事が起きてしまって……！」

プラムは嗚咽《おえつ》を漏《も》らしながら、そう声を絞《しぼ》り出していた。

「……気持ちは分かるつもりよ。私も聖騎士だったお兄様が国を捨てて血鉄鎖旅団に走ってから――周りの皆に裏切り者の一族だって言われるようになって……でもただ悲しくて、申し訳なくて、泣いてばかりいたら――気付けば何もかも無くなって、一人ぼっちになっ

てた……でも、そんなの悔《くや》しいじゃない……！　だから、私は私だって思うようにしたわ。私は私のために、自分の手でお兄様を捕《と》らえて、家の汚名《おめい》を返上してやるって——あなたもそう、お兄さんがどうだって、あなたはあなたなのよ——！」

レオーネは熱のこもった瞳でプラムを見据《みす》えながら、彼女の震える両肩《りようかた》をぐっと掴《つか》み、力強く支えた。

「っく……っく——レ、レオーネちゃん……」

「泣いているだけじゃ何も変わらないし、変えられないわ。泣くのは今日だけにして、明日からは出来る事をしましょう？　一刻も早くこんな事を止《や》めて、これ以上あなたのお兄さんに罪を重ねさせないようにするの。大丈夫《だいじようぶ》よ、あなたはまだ一人ぼっちじゃないから。支えになってくれる人が、側にいるわ」

と、レオーネが視線を向けたのは、ラティである。

「う……？　え……？」

「何をぼさーっとしてるのよ。自分の大切な子がこんなに悲しんでるんだから、側にいて抱《だ》き締《し》めてあげなさいよ」

「いやちょっと待て俺《おれ》はだな……」

「こんな時にごちゃごちゃ言ってないで！　早くする！」

レオーネがラティにカミナリを落とした。

彼女がこんな風に声を荒《あら》らげるのは、かなり珍《めずら》しい事だ。

「は、はい……！」

ラティがおずおずと、プラムを抱きしめた。

「だ、大丈夫だからな。お、俺が付いてるから……」

「うわぁぁぁあぁぁんっ！　ラティぃぃぃっ……！　私……！　私――――！　うわあああぁぁぁぁんっ！」

安心したのか、プラムは大声で泣いて、ラティにしがみついていた。

「ここは任せて、私達はどこか休めそうな場所を探しに行きましょう？　今晩はこの街で泊《とま》りよね」

レオーネはそう言うと、地下室への階段を逆に上って行く。

その背中は、いつも姿勢正しくきっちりとしているが、今日はいつもより凛《りん》としているようにも映る。

歩く足取りも、いつもよりちょっと早足だ。

少し後ろについて歩いていると、ラフィニアがぼそりと呟く。

「レオーネ、強いわね……迫力《はくりょく》あったわ。説得力も」

「……そうですわね」

リーゼロッテも同意していた。

「あたしだときっとダメだったわ……ずっと苦労知らずだし、兄様はラファ兄様だし、何言ってもあんまり説得力無いもんね──」

確かにラフィニアの兄ラファエルは、カーラリアに於《お》いて、万人《ばんにん》から尊敬を集める聖騎士だ。

国の全ての騎士の頂点であると言える。

性格的にも心優《こころやさ》しく品行方正で非の打ち所がなく、そんなラファエルはラフィニアにとって、自慢《じまん》の兄以外の何物でもない。

あのハリムと比べてしまうと、それは雲泥《うんでい》の差である。

ラフィニアには、兄の行いで運命を狂《くる》わされる妹の気持ちは決して分からないだろう。

ラファエルがラフィニアに迷惑《めいわく》をかけた事など一度も無いのだから。

レオーネの兄レオンは、イングリスから見れば決して悪人ではない一廉《ひとかど》の人物だが、自分の一族や妹のレオーネの運命を狂わせてしまったことは事実。

やはり、プラムの気持ちが一番分かるのはレオーネだろう。

「レオーネと比べたらまだまだ子供なのよね、あたしって……」

イングリスは、ぽんとラフィニアの頭を撫《な》でる。

「大丈夫。それが分かってるなら、十分ラニも成長してるよ」

今はまだ、分からないだろうが――

ある意味最も辛い思いをするのは、ラフィニアになる可能性もある。

――自分が見ている限りは、ラフィニアを泣かせるようなあらゆる事は叩き潰《つぶ》すつもりだが。

「何をお姉さんぶってるのよ。一番好き放題やって苦労してない人でしょ、クリスは」

ちょっと拗《す》ねたような、だが微笑《ほほえ》んでいるラフィニアだった。

「ふふっ。それはそうだけどね」

イングリスはラフィニアから逃《に》げる素振《そぶ》りで歩を速め、レオーネに追いついた。

そして隣《となり》をすり抜《ぬ》けざま、取り出したハンカチをそっと、レオーネに握《にぎ》らせる。

「……ありがとう。変な所で気が利《き》くわよね、イングリスは」

表情は見なかったが、そのレオーネの声は少し震えている。

自分と比べて大人だとラフィニアは認めていたが、レオーネもまだ十五歳の少女である。

自分の辛い過去の記《き》憶《おく》を人に吐露《とろ》すれば、当時の事を思い出して、感情が昂《たかぶ》りもするだろう。

今のプラムに深く同情し、励《はげ》ますためとは言え、触《ふ》れたくも無い傷を自ら抉《えぐ》って見せたのだ。

励ます側の自分が涙を見せては、と必死に我慢していたのだろう。

「どういたしまして。ほら、ラニ。わたし達はあっちを探そう。行くよ」

「あ、待ってよクリス～！」

その日の夜はレオーネの提案通り、街の空き家に間借りして一晩を過ごした。

◆◇◆

そして翌朝――

イングリスの目の前に、絶世の、と形容してもまるで差し支《つか》えない程の美少女がいた。

寝起《ねお》きで着替《きが》えをする前の、下着に近い薄着《うすぎ》。

露出《ろしゅつ》した肌《はだ》は周囲の寒さに抵抗《ていこう》するように、ほんのりと上気して桜色になっている。

理想的な体の線の艶《なま》めかしさと、美しく愛らしい顔立ちと。

それが目を引き付けて離《はな》してくれない。

色々な角度で見たい。

室内だが、吐く息が白くなる程の寒さだから、早く服を着た方がいいのだが――

「～♪」

つまるところ、久《ひさ》し振《ぶ》りに鏡に映る自分自身の姿を眺《なが》めていたら、止まらなくなってしまっていたわけだ。

この間借りした部屋に、大きな姿見があったのがいけない。

少し前屈《まえかが》みになって、鏡の中の自分自身を見つめてみたり、後ろ向きに振《ふ》り返って、背中からお尻《しり》にかけての、体の線を確認《かくにん》してみたり。

少し大人の楽しみ方である。

どこからどう見ても、お世辞や欲目抜きに、相変わらずイングリスは美しかった。

そして大人の女性としての艶めかしさも、既《すで》にもう十分に備えている。

改めて思うが、女性の体に生まれ変わるのも全く悪くないものだ。

まず自分自身を見ていて飽きない。

そして好きなだけ見ていても怒《おこ》られない。

自分自身なのだから当然である。

そして精神の根幹が男性であるからこそ、女性の美しさの虜《とりこ》になれる。

恐《おそ》らく自分自身の美しさを楽しむという事にかけては、自分が世界で一番上手いに違いないだろうと思う。

しゅっ！

何かが素早《すばや》く、イングリスの腋《わき》の間を通り抜けて突《つ》き出して来た。

滑《なめ》らかで綺麗な、少女の指先だった。

――それが、がしっと無遠慮《ぶえんりょ》にイングリスの胸を鷲掴《わしづか》みにした。

「ひゃっ⁉ こら、ラニ……！ いつもいつもいつも――」

「こっちの台詞《せりふ》よ。いつもいつも鏡の前で夢中になって隙《すき》だらけなんだから。こうして下さいって言ってるようなものよね？」

「言ってない……！ やめてくすぐったいから……！」

「やっぱ自分に無いものって羨《うらや》ましいから触《さわ》りたくなるのよね～。クリスはあたしの従騎士なんだからクリスのものはあたしのものって事で、お触りおっけーよね？」

「おっけーじゃない……！」

「あーでも、寒いから手が冷たいわね～。ちょっとあったためてね♪」

ずぼっ！

ラフィニアはイングリスの胸の谷間に手を突っ込んだのだった。

「ひゃあぁぁっ⁉」

冷たい。とても冷たい。

「ん～。あったかい～。ぷにぷにでふわふわで、リンちゃんの気持ちがわかるわね～。ね、リンちゃん？」

ラフィニアの肩《かた》にいたリンちゃんは、ここは自分の場所だと言わんばかりに、イングリスの胸元《むなもと》に潜《もぐ》り込もうとする。

ラフィニアの手とリンちゃんの体が、イングリスの胸元で渋滞《じゅうたい》を起こしていた。

「ああもう……！　どっちかにしてってば――」

騒《さわ》いでいると、まだ眠《ねむ》っていたレオーネやリーゼロッテも起き出してくる。

プラムの事はラティに任せて、イングリス達《たち》四人はこの部屋で休んでいたのだ。

「ふあぁぁぁ……もう、騒がしいですわねえ――」

「朝から賑《にぎ》やかね……何をしてたの？」

「あ、レオーネ助けて……！　ほら、わたしよりレオーネの方が立派なんだから、あっちに行って……！」

「よーし、行くぞリンちゃんっ！」

「きゃあぁっ⁉　ちょっと冷た……くすぐった――んんっ……！　ちょっとダメ……！
そんな所……！」

「ふう、レオーネの尊い犠牲《ぎせい》で助かった……」

と、四人とも着替え前の下着に近いような薄着で騒いでいると――

バァン！

突如《とつじょ》、大きな音を立てて部屋の扉《とびら》が開く。

「お、おい皆大変――だ……っ⁉」

ノックもせず入って来たのは、ラティだった。

「「きゃあああぁっ⁉」」

当然、ラフィニア達から悲鳴が上がった。

年頃《としごろ》の少女達からは、これが当然の反応だろう。

「ご、ごめ……ごわっ⁉」

イングリスだけは一言も発さずラティに突進《とつしん》し、首を抱《かか》え込んで組《く》み伏《ふ》せていた。

「ラティ――いくら仲間でも、ラニの下着を覗《のぞ》くのはダメだよ？　わたし、ビルフォード

侯爵《こうしゃく》様からラニの事頼《たの》まれてるから――これは見逃《みのが》せないよ？」

「いやお前が見えてるから！　近い！　当たってる！　と、とにかくすぐ出てくから離してくれ……！」

ラティは慌《あわ》てて出て行き、イングリス達は着替えを始めるが、ラティは待ちきれないらしく、部屋の外から声をかけて来る。

「なあみんな、プラムとイアンを見なかったか⁉」

「いや、見てないよ？」

「プラムとイアン君がどうかしたの？」

「ど、どこにもいねえんだよ……！　二人とも！」

「ええ……っ⁉」

「単にその辺散歩してるってだけならいいけどさ――でも……」

ラティが口ごもるのは分かる。

イアンは、先日のワイズマル劇団の公演中に起きた、カーリアス国王の暗殺未遂《みすい》ではこちらと敵対する立場だった。

だが、本人自身は至って善良で、国や人々を思う気持ちが人一倍強い。

イングリスも、決して無警戒《むけいかい》では無かったが、ある程度信用していた。

信頼《しんらい》が裏切られたとは、ラティはまだ口に出したくないのだろう。

「悪いけど、捜《さが》すの手伝ってくれねえか⁉」

「大変……！　分かったわ！　すぐ行くわね！」

すぐ動き出そうとするラフィニアを、イングリスは慌てて押し止めた。

「ラニちょっと待って！　まだ服着てないよ――！」

ラフィニアは上半身が下着のまま、飛び出そうとしていたのだ。

そんな事をされたら、ラフィニアに悪い虫がつかないようにと、常に警戒《けいかい》しているイングリスの努力が無駄《むだ》になってしまうではないか。

無防備な下着姿を異性の目に晒《さら》すなど、許されない。許さない。

イングリスとしては、そこは厳しく取り締まっていく。

「え……？　あ、いっけない。急がなきゃって思ったら抜けちゃったわ――！」

「ダメだよ？　下着で外に出るなんてはしたないよ。女の子なんだから、ちゃんと慎《つつし》みと恥じらいを持って日々の生活をね――伯母様《おばさま》もいつも言ってたでしょ……？」

「……大体、さっき下着姿で男の子の首根っこ掴み倒してた子の言う事じゃないと思うんですけど――？」

「わたしはいいの！　あれはラニを守るためだったから！」

「はいはい。こういう事だけはホントに口うるさいわね～クリスは」

「二人とも、何を遊んでるのよ。先に行くわよ！」

いち早く着替えを終えたレオーネが、急いで部屋を飛び出して行く。

「あ、待って……！　急がなきゃ！」

ラフィニアの着替えを待って皆と合流し、街の中を捜索《そうさく》したが——

結局、プラムとイアンの姿は何処《どこ》にも見つからなかった。

◆◇◆

「どうだった、みんな……!?」

ラフィニアの問いかけに、レオーネとリーゼロッテは首を振る。

「こっちはダメ——手掛《てが》かりになりそうなものも、何も——」

「同じくですわ。何の異常も見られませんわ」

「荷物は全部そのままだったよ。機甲鳥《フライギア》が持って行かれたわけでもないみたい——」

イングリスも見て来た事を報告する。

確認してきた限り、機甲親鳥《フライギアポート》の積み荷にも、船体に係留している機甲鳥《フライギア》にも何も異常はなく、また、街から外に出て行った足跡《そくせき》のようなものも見当たらなかった。

「どういう事だよ――出て行った跡《あと》は無いのに、いなくなっちまったのか……!?」

徒歩なり機甲鳥《フライギア》なり、何かしらの移動手段が使われていないという事は――

「考えられるのは……外から移動手段を持った何者かがやって来て、二人を連れて行ったという事かしら――」

断言はできないが、恐らくレオーネの言う通りだろうとイングリスも思う。

だからと言って、イアンも巻き込まれた被害者《ひがいしゃ》かと言うと、そこは判断の難しい所だ。

彼《かれ》がその外部の人間を手引きした可能性もあるからだ。

「外からそんな事をなさりに来る方というのは――」

「……そうなると、考えられるのって……」

「――ハリムか……！」

当然そう考えられる。

今のアルカードの状況で、イングリス達と敵対する勢力は、それしかいない。

これまで血鉄鎖《けってつさ》旅団の姿は見ていないし、正規のアルカード軍は、カーラリアとの国境付近に集結中だ。

明確にイングリス達を敵として存在を認識《にんしき》しているのは、リックレアを根城にする天恵武姫《ハイラル・メナス》ティファニエの一派だけだろう。

「けど、プラムはハリムには会ってねえ筈《はず》だ……」

ラティの言う通り、ハリムと対面した時にプラムは顔を見られないように隠れていたはずだ。

「という事は――」

そこに、姿の見えないイアンが手引きしたという推測の妥当性《だとうせい》が出て来る。

「……それはまだ、分からないわよ。遠くから見られてたのかも知れないし、ツィーラの街からここまでで、他《ほか》の天上人《ハイランダー》とも戦ったから、そこから話が伝わってるのかも知れないし――決めつけるのは早いわ。イアン君はプラムを守ろうとして、一緒《いっしょ》に連れて行かれただけかも知れないでしょ？」

そう言ったのはラフィニアである。

こういう状況ではあるが、まだイアンを信じてあげたいのだろう。

「……そうね、ラフィニア。それに今考えなきゃいけないのは、プラムを早く見つけて、助けてあげる事だわ」

レオーネもそう言って頷《うなず》く。

「これまでのお話を総合すれば、恐らく行き先は一つですわね――」

無論、ティファニエの一派が根城にしている場所。

それは――

「……リックレアだな。それしかねえ」

「元々王都かリックレアか、どちらに向かうかを決めなければいけませんでしたが――これで決まりですわね」

「ええ……！　急いでリックレアに向かいましょう！」

「うん！　じゃあすぐに出発よ！」

と、ここで皆の話し合いの流れを見守っていたイングリスは口を開く。

「ちょっと待って、そこはよく考えないと――」

「クーリースぅ～。ひょっとして、まだ先に王都行きたいとかって言うんじゃないでしょうね？　こんな状況なんだから、いっぱい戦いたいからとか、イーベルの研究施設《しせつ》で遊びたいからとか、下らない事言ってたら怒るわよ？」

ラフィニアがじっとりした瞳で見つめて来る。

「いや、それはそれで下らない事なんかじゃないとは思うけど……それは置いておいてもね、今ここで考えておかなきゃいけない事があると思う――ラティにね」

と、イングリスはラティに視線を向けた。

「え？　俺か？」

「うん。このままリックレアに向かえば、間違《まちが》いなく戦いになる。それで敵を追い払《はら》って、プラムも助けて、住民への徴発《ちょうはつ》も止めれば——それって間違いなく大手柄《てがら》だよね？」

「いい事じゃない、何か問題あるの？」

と、ラフィニアは首を捻《ひね》る。

「それだけの大きな事を、わたし達が——つまりカーラリアの騎士《きし》がやっちゃったら、後々の影響《えいきょう》は大きいよ。住民の人達からすれば、大変な時に助けてくれたのはカーラリアだって事になって、アルカードの国自体の信用が落ちる事になる……それを見たら、今度はカーラリアの側から、アルカードを攻めて領土を拡大しようなんて言い出す人が出て来ても可笑《おか》しくない——アルカードの民もそれを望んでいる……！　なんて言ってね」

「そんな、あたし達そんなつもりじゃないのに——」

「だけど、そうね——イングリスの言う通り、そういう事もあるかも知れないわね」

「ですがそれは、今に限った事では無いのではありませんか？　元々そういう事だと言うだけで——」

「うん。だから、ここからはラティが表に出る必要があるよ。ラティがカーラリアの騎士の協力を取り付けてリックレアを落としたっていう形にすれば、手柄はラティのものになって、住民の人達の気持ちはアルカードからは離れないから」

アルカードの王子がアルカードを救うのだから、民衆の気持ちがカーラリアに向いてしまうという事はないだろう。

だが――国同士という大きな点で問題が無くても、個人としてはまた別の問題が出て来る。

「それならそうすればいいだけじゃない。何か問題あるの？」

「そうなると、皆ラティに感謝するよ。救国の英雄《えいゆう》ってやつ。そこからは――逆に言うと、もう逃げられないよ？　必ず、ラティに国王陛下になって欲《ほ》しいって話になる。それを回避しようと思うなら、ラティのお父さん――アルカード王に話を通して、別の人を立ててもらって、その人に前面に立ってもらえばよかったんだけど……今のままなら、強制的にラティが立つしかなくなるよ？」

それに、アルカード王と話をつける前に独断でそれをやってしまったら、完全にラティ一人の手柄になる。

そうすると、アルカード王の立場も危険だ。

大変な時に何もしなかった国王だと思われてしまうから。

下手すればラティにそのつもりが無くても、過激な者がラティを王位に就《つ》けるために、アルカード王を襲《おそ》うかも知れない。

つまり——心情的に早くプラムを助けたいのは分かる。が、政治的な環境《かんきょう》整備——根回しや調整というものも重要で、今はその点で重要な岐路《きろ》に立っているのだ。

ラティのこの先の人生を、大きく左右する事になるのは間違いない。

「ラティはそれでいい？　この国を継《つ》ぐ覚悟《かくご》はある？　後戻《あともど》りはできないよ？」

「……俺は——」

「わざわざ連れて行ったという事は——敵はプラムを何かに使うつもりだと思う。だから、急がなきゃいけないけど……きっと暫《しばら》くはプラムは無事のはずだよ。王都に先に向かって、アルカード王に話を通してからでも遅《おそ》くは無いと思う——それでも、リックレアを優先する？　それならそれで、勿論《もちろん》付き合うけど——」

特にラティは、国を出てカーラリアに留学をしていた身だ。

もし、将来的に国を継がずに、そのままカーラリアにい続けるような事を望んでいたのなら、それは出来なくなるだろう。

覚悟をした方がいい。

勢いに任せて、後戻りできない道を分からないまま進んでしまうよりも、自分の目の前に大きな選択肢《せんたくし》がある事を自覚して、覚悟を決めて選び取った方が後悔《こうかい》が少ない。

イングリス自身も、前世のイングリス王の人生では、気付かないままいつの間にか英雄として国王として、人々の期待を集め過ぎて、後戻りが出来なくなった口だ。

その経験があるからこそ、今ラティの目の前にある岐路に気が付く事が出来る。

気付いたのならば、それを提示して見せるのが親切と言うもの。

ラティは友人だから。

「考える時間はまだあるよ？　よく考えて決めてね」

イングリスはラティにそう声をかけてから、ラフィニアの方を向く。

「……怒られちゃう？」

先程《さきほど》ラフィニアは、下らない事を言っていたら怒ると言っていた。

「――すいませんでした」

何故《なぜ》か謝《あやま》られた。

「いや、別に謝らなくてもいいけど……」

「……本当にイングリスは、思ってもみなかった所から、いきなり鋭《するど》い事を言い出すわよね――どういう思考回路なのかしら……」

「そうですわよね。普段《ふだん》は戦いとお食事の事しか考えていないように見えますのに――」

レオーネとリーゼロッテは感心半分、呆《あき》れ半分といった様子だ。

意見の内容としては、納得《なっとく》してくれたようではある。

「そうだね。まあ――人生経験かな？」

とイングリスは正直に言ってみるのだが、ラフィニア達には当然意味が分からず、きょとんと首を捻るだけだった。

「……いや、そんなに時間はいらねえ！　リックレアに出発しようぜ……！」

ラティは真剣《しんけん》そのものの表情で、そう言い出すのだった。

「――いいの？　後悔しない？」

「ああ……！　プラムの事だけじゃねえ。ここの子供達みたいに、飢《う》え死《じ》にする住民だって出ちまってるんだ。そういう人達にとっては、状況《じょうきょう》は待ったなしだろ？　リックレアに溜《た》め込んだ食糧を奪《うば》い返して、配ってやらねえと――」

「うん……それは確かにそうだね」

「それに正直――国を継ぎたくないって思った事もあったんだ。ウチは兄貴がいるんだけど、親父《おやじ》の本当の子じゃなくて養子でさ――若いうちに亡《な》くなっちまった、親父の兄貴の子なんだ。だから、国を継ぐのは俺だってずっと言われてて、けど俺は無印者で、兄貴はそうじゃなくて優秀《ゆうしゅう》なんだ。だから俺はいなくなった方が、兄貴が国を継いだ方が、アルカードにはいいのかもって……そう思ってるやつは俺だけじゃなくて、臣下達にも多かったはずだ。ハリムなんかもそうだな。兄貴と仲が良かったし――」

そのあたりの事情は、ラティがいない時に、プラムやイアンが少し話してくれた。

アルカードに潜入《せんにゅう》するにあたって、必要な情報だろうから、と。

「だけど……お前が言ってくれて、覚悟が固まったぜ。このままリックレアに行って、プラムも、酷《ひど》い目にあってる住民のみんなも助けて、王にでも何にでもなってやる……！

そうすれば――」

「そうすれば？」

「あ、いや……それはいいや。忘れてくれ」

「いや、気持ちは教えておいて？　その方がみんな、気兼《きが》ねなく力を貸せるから――」

「そ、そうか……？　その――ハリムがあんな事をしでかした以上……プラムの家の評判が落ちるのは避《さ》けられねえだろ？」

「確か、大臣の一家なんだよね？」

「ああ。何代も続いてる名門なんだ。だけど今回の事で……どうなるか分かんねえ。けど俺が王になれば、何かあってもプラムを守ってやれるかなって――」

「なるほど――そうだね。ラティが王様で、プラムが王妃《おうひ》様になれば、誰も文句が言えなくなるかもね——守り方としては最高かも。そういう事？」

「う……王妃様とかそこまでは何つーか……気が早い気がするが——でも、そういう事だ。今までは、何だかんだ言ってもあいつが、無印者の俺を守ってくれてたんだよ。だからこれからは俺があいつを守る……！　そんな事で王を継ぐなんて言うなって言われるかもしれないけどさ、でもそれが正直な俺の気持ちだ……！　プラムのためなら王にでも何にでもなってやる……！」

「ふふふっ。そう……分かった」

何とも青臭《あおくさ》い事だ。

だが、それが理由ならそれはそれで構わない。

何も考える事が無いまま、気付けば後戻りできない道を走っていて、なし崩しに王になってしまったイングリス王も大差はない。

どんな理由であれ、その後ちゃんとした王の振る舞《ふ ま》いをしていればそれでいい。

ただこの先に後悔をしないように、今自分の意志で決断しておくことが重要なのだ。

それに、ラティの年相応に青臭い決断の理由は、同じく年相応に青臭い少女達の感性には痛くお気に召《き め》したようだった。

「いいわね……！　じゃあプラムを助けて、その場でプロポーズね！　燃えて来るわ！」

「そうね。私達の手で、幸せにする事が出来る人がいる――凄《すご》くやりがいがあるわね」

「後学のために是非《ぜひ》見ておきたいですわ……！　お二人がお幸せになる所を――！」

ラフィニア達三人の表情がキラキラしている。

「いやなんでそういう話になってんだ……!?　人前でそんな事するわけねえだろ……！」

「いいじゃない見たいんだから！　あたし達が全力で力を貸して、きっとプラムを助けてあげるから、ごほうびよ、ごほうび！　女の子にとっては憧《あこが》れなんだから……！　ねえクリスも見たいわよね？」

「いや、わたしはそこは興味ないから――天恵武姫《ハイラル・メナス》と戦えるだけで充分《じゅうぶん》ご褒美《ほうび》だし――皆《みんな》やる気満々だね？」

「ええ――凄くね……！」

「頑張《がんば》りましょう！　リックレアに乗り込んで、必ずプラムさんをお助けしましょう！」

リーゼロッテが、熱く拳《こぶし》を振り上げた。

「「「おーっ！」」」

三人の息はぴったりだった。

実はイングリスとしては、あまりラフィニア達にやる気を出されると、自分が相手する敵の取り分が減るのでちょっと困るのだが――

「やれやれ……俺も無印者じゃなくて、自分に力があれば俺の手でプラムを助けてやるって、格好《かっこう》いい事言えるんだけどな――」

「大丈夫だよ。王になってしまったら、自分の武力なんて関係ないから。王様は王様としての役割を果たせればそれで良くて、武力は必要な役割には入ってないんだよ」

もしそうでなければ――イングリス王は亡くなる間際《まぎわ》のあの時、女神《めがみ》アリスティアにあのような願いをしなかっただろう。

そして今思えば――あの時再び男性にと指定していたら、女神は再び男性にしてくれていたのだろうか？　そこまで考えが至らずに、何も言わなかったため、騎士団長《きしだんちょう》の娘《むすめ》に生まれついたわけだが――

だがこれはこれで全くもって悪くはなく、むしろ女性として生きる事の良さも知った。

何の後悔も無いし、これからもイングリス・ユークスとしての人生を楽しんで行けるはずだ。

「……王に武力は必要ない、か――確かに親父もそんなに強いわけじゃねえけど……」

「でしょ？　だから気にしなくていいと思う。むしろラティが強くて、わたしの出番が無くなったらわたしが困るし」

「いやお前何しに来たんだよ……って聞くまでもねえけど――」

言うまでも無いが、強敵との実戦経験と、アルカードの美味《おい》しい郷土料理が目的だ。

結果的にラティやアルカードの国も、カーラリアの国も得をするのだから、その大義名分の陰《かげ》でちょっと楽しむくらい、構わないだろう。

「ふふふ――まあ任せておいて？　悪いようにはしないから」

「――それでいいって割り切れたらいいんだけどな……うちは兄貴が強いからな――」

「そんなに？　リックレアに行った後でも、わたしと戦ってくれるかな？」

「や、やめろよな……！　それじゃ後で大変な事になってるじゃねえか……！」

「でも、実戦は経験すればするほどいいし――」

ぎゅうううぅぅぅ～～～～！

そこで大きく鳴るイングリスのお腹《なか》。

もう空腹は常態化していて、この音も日常の風景の一部かのようになっている。

「……とにかくもう、まずはリックレアだね。戦えるし、きっと食糧も溜め込んでいるだろうから、お腹一杯《いっぱい》食べられるし――」

「そうよね、クリス――！　リックレアを落とせば、ようやくアルカードの美味しい料理も食べられるようになる……！　あたし達のお腹のためにも、頑張るのよ……！」

「そうだね、ようやく名物の辛《から》い料理が食べられそうだね」

「楽しみよね……！　もー食べて食べて食べまくってやるんだから！」

「ここまで大分我慢《がまん》して来たしね」

「おいおいあんまり食い過ぎるなよ？　それ国の皆から奪ったやつだからな？　返してやらねえとダメだぞ――？　おい聞いてんのか……!?」

ともあれ、これで行き先は決まったわけだ。

まずは天恵武姫《ハイラル・メナス》との戦いに狙《ねら》いを絞《しぼ》って行く。

その先に美味しい料理と、さらにもっと別の戦いがある事を願って――

「よし、じゃあ早速《さっそく》出発しよう」

イングリス達は急いで準備を整え、リックレアへと出発した。

リックレアに進路を向けて、三日――

イングリス達の行軍は順調だった。

だが、その理由は決して前向きなものではなかった。

道中の街や村は軒並《のきな》み壊滅《かいめつ》しており、住民達に手持ちの食糧を配る必要が無く、そのための手間と時間が省かれたから。

集落は全《すべ》て空き家となっているため、休む場所を確保するのは容易で、結果野営をするよりも体力的に楽になった。

――という事である。

ティファニエの手下の天上人《ハイランダー》達が襲ってくることも無く、ある種静かな時間ではあったが――

行く先々で壊滅した集落の姿を目にするのは、ラフィニア達にとっては辛そうな様子だった。

そんな雰囲気《ふんいき》の中、移動中の機甲親鳥《フライギアポート》の上でラティが曇《くも》り空《ぞら》の先を指差す。

「こんな天気じゃなければ――もうじき遠目にリックレアが見えて来てきそうだけどな」

この曇天《どんてん》のせいで、いくら機甲親鳥《フライギアポート》の上からでも、あまり見晴らしはよろしくない。

「早く着いて欲しいわね――どの街も酷い事になってるのを見せ続けられるのは嫌《いや》だわ」

ラフィニアはぐっと唇《くちびる》を噛《か》み、機甲親鳥《フライギアポート》の外縁《がいえん》の手摺《てすり》を強く握《にぎ》り締《し》める。

「ラニ。今からそんなに力を入れてても、いざって言う時に力が出ないよ？　大丈夫《だいじょうぶ》、きっと沢山《たくさん》の人はリックレアでまだ無事だから――」

道中の街や村の被害《ひがい》を冷静に観察すると、その規模に比べて、遺体等の数は少なかったように思う。

つまり多くの人々は、殺されたというよりも連れ去られた――

その行き先は、監獄《かんごく》化しているというリックレアだろう。

何を目的に、多くの人々を連れ去ったのかは、少々分からない面もあるが――

食糧を巻き上げるだけならば、奪ってそのままにしておけばいいはずなのだ。

目的を持って連れ去ったのならば、その目的のために人々は使われているはず。

だからまだ無事である、と推測できる。

「でも――」

ラフィニアが何か言いかけた時――

ズズズズズ――――――……！

何かが震《ふる》えるような音が、遠くから聞こえて来た。

「な、何の音……？　雷《かみなり》かな――？」

「かなり大きいわね――」

「いや地震《じしん》じゃねえか……？　何か下が揺《ゆ》れてるように見えたけどな……？」

「こちらは空中ですから、地震ですと分かり難《にく》いですわね――」

と、皆が口々に言うが――

「いや……あっちの――リックレアの方向で、何か起きてる……！」

イングリスは真《ま》っ直《す》ぐに、進行方向の先を指差す。

自然な魔素《マナ》の流れとは明らかに違《ちが》う、巨大《きよだい》な魔素《マナ》のうねりを今、あちらから感じたのだ。

これだけ離《はな》れていても感じ取れる程《ほど》の、巨大な規模のものだった。

「何か……？　何かって何、クリス？」

「分からないけど――きっと只事《ただごと》じゃないよ、これは――」

「……イングリスがそんな事を言うなんて――余程《よほど》の事ね」

「ですが、この天気では何も見えませんわ……」

「いや待て……！　晴れ間が差してくるぞ――！」

ラティの言う通り、リックレアの方向を覆《おお》っていた雲が、イングリス達に先を見せつけるように一時的に途切《とぎ》れ、そして――

「……！」

「な、何よあれ……!?」

「あ、あれがリックレアの街――!?」

「あんな事が出来るものですの……!?」

「し、信じられねえ――これがあいつらの目的だったのか……!?」

イングリス達の見る光景の中で――

リックレアの街は、本来あるべき姿をしていなかった。

いや正確には、あるべき場所に無かったのだ。

その周辺の地盤《じばん》と共に、大地の楔《くさび》を離れて、空に浮《う》かび上がっているのだ。

今は地面に伸《の》びた巨大な鎖《くさり》が、その巨大な質量を繋《つな》ぎ止《と》めているような状態である。

「きっと『浮遊魔法陣《ふゆうまほうじん》』だね――」

「それ、ノーヴァの街でセイリーン様が言っていたやつよね……⁉　あれが本当に発動したら、あの街もああなってたって事――⁉」

「うん。だけど――」

ノーヴァの街では、血鉄鎖旅団の手によりセイリーンは魔石獣《ませきじゆう》に変えられてしまい、その後黒仮面達の手により『浮遊魔法陣』は破壊《はかい》されたはず。

それが破壊されずに発動していたら――あれと同じ事が起きていたわけだ。

その点はラフィニアの言う通り。

しかし――『浮遊魔法陣』が発動するには、膨大《ぼうだい》な魔素《マナ》が必要なはずだ。

セイリーンのあのノーヴァの街では、まだまだ発動までに時間がかかっただろう。

彼女《かのじょ》の場合、それを急ぐ様子も無かったし、そもそも街が空に浮上《ふじよう》しても、住民達にはそのまま、天上領《ハイランド》の好待遇《こうたいぐう》を与《あた》えようとしていた。

それに比べて――このリックレアの街の『浮遊魔法陣』の発動は早すぎる。

どうやってそれだけの魔素《マナ》を集めたか――

それを考えると、この先は言わない方がいい気もして来る。

『浮遊魔法陣』は地上の人々から魔素《マナ》を集め、必要な量が集まるとその土地を空中に浮遊させ、新たな天上領《ハイランド》の土地とする。

そして人間は生きているだけで魔素《マナ》を生む存在ではあるが、人体が一番魔素《マナ》を発するのは、肉体が魔素《マナ》を解放した時――つまり死んだ時だ。

だからこれだけの短期間で『浮遊魔法陣』を発動させようとするなら、最も時間効率がいいのは、大量に人を集めて、その土地で殺す事――となる。

あの浮遊するリックレアの街――

あれはそのようにして生み出された光景ではないのかと、そう思えてならない。

それをわざわざ、ラフィニア達《たち》の耳に入れるのも憚《はばか》られる。

「……いや、何でもない。ラニの言う通りだよ」

「みんな、とにかく大変よ！　あのままじゃ、全部天上領《ハイランド》に連れて行かれるわ！　あれってそういうものなのよ！」

「じゃあもっと急がないと……！　手遅《ておく》れになるわ！」

「プラムさんも、あそこにいらっしゃるかもしれませんものね――！」

「あそこまでなら、機甲鳥《フライギア》で飛ばしても届くかもしれねえ……！　それで行くか!?」

「ええそうね。その方がはや……」

ラフィニアがそう頷こうとした瞬間《しゅんかん》――

「それは少し困りますから――やめて頂けますか？」

全く唐突《とうとつ》に、聞いた事の無い女性の声が割り込んで来る。

とても落ち着いて、澄《す》んだ聞き心地《ごこち》の良い声質だ。

鈴《すず》の音のような、という表現がしっくりくる。

淡《あわ》い水色の長い髪《かみ》を、可愛《かわい》らしく結《ゆ》い上げた少女がそこにいた。

清楚《せいそ》さを感じさせる顔立ちを、大きな花の髪飾《かみかざ》りが更《さら》に引き立て、可憐《かれん》さが際立《きわだ》っている。

白魚のような手、足、首筋の柔肌《やわはだ》は透《す》き通るよう。

それでいながら、やや体の線が見えやすい服装に浮き上がる、女性らしい成熟した体つきは立派なもの。

可憐さと妖艶《ようえん》さとを両方兼《か》ね備《そな》えており、恐《おそ》ろしい位に魅力的《みりょくてき》だった。

これはひょっとして、自分に匹敵《ひってき》するほどの美しさかも知れない――

イングリスは彼女を一目見て、そう感じた。

そんな美しい少女が、唐突に機甲親鳥《フライギアポート》の上に姿を現していた。

――その手には、レオーネが愛用する黒い大剣《たいけん》の魔印武具《アーティファクト》が握られている。

「か、可愛い……クリスに負けないくらい――でも、誰《だれ》……!?」

「あ……！　それは私の……！　いつの間に――!?」

レオーネの背から、魔印武具《アーティファクト》が消えていた。
気配も感じさせずに、レオーネから彼女が奪ったのだ。
全く悪びれる事無く、水色の髪の少女はたおやかな笑《え》みを崩《くず》さない。
一見、ただの絶世の美女だが――この身に纏《まと》う力の流れ、雰囲気。
これは間違いなく――
「ごきげんよう。ちょっとお借りしますね？　そして――さようなら」
水色の髪の少女は、黒い大剣の魔印武具《アーティファクト》を足元に突《つ》き立てる。

ドガァッ！

機甲親鳥《フライギアボート》の床板《ゆかいた》を貫《つらぬ》いて刃《やいば》が突き刺《さ》さり――

メキメキメキメキメキィッッ！

奇蹟《ギフト》により巨大化《きょだいか》する刃が、船体を更に深く貫通《かんつう》して、突き抜《ぬ》けた。
「な……っ！　止めなさい！　何するのよ！」

「機甲親鳥《フライギアポート》が……⁉」

「あれでは船体が持ちませんわ――！　お止めなさい……！」

焦《あせ》るラフィニア達に、水色の髪の少女は笑顔《えがお》を向ける。

「ふふふ――いやです」

少女の手にぐっと力が入る。

機甲親鳥《フライギアポート》を串刺《くしざ》しにした黒い大剣の刃が、今度は船体を両断しにかかる。

メギメギメギメギィイイィ――――！

細腕《ほそうで》の割に恐るべき膂力《りょりょく》は、そのままでは確実に機甲親鳥《フライギアポート》を完全に真っ二つにしていただろう。

しかし――

ぴたり、と船体が軋《きし》む音が止《や》む。

黒い刃が別の力に押《お》されて進めなくなり、拮抗《きっこう》してカタカタと震え始める。

「この力は、やはり天恵武姫《ハイラル・メナス》――」

イングリスがすかさず氷の剣を作り出し、黒い刃にかみ合わせて食い止めたのだ。

あちらから伝わって来る、この力――霊素殻《エーテルシェル》の発動をしていない今の状態では、油断をすれば押し切られてしまいそうだ。

やはり素晴《すば》らしい。

この手応《てごた》えだけでも喜びを禁じ得ない。

「ふふふ――あなたがティファニエさんですね？　ごきげんよう」

「はい、ごきげんよう。あなたのお名前は教えて下さらないの？」

ティファニエは余裕《よゆう》に満ちた、貴婦人のような笑みを返してくる。

「これは失礼しました――イングリス・ユークス。カイラル王立騎士アカデミー従騎士科の一回生です」

「まあ、学生さんね？　それでこの力――将来有望ですね？　それに、こんなに可愛らしくて……羨《うらや》ましいですね？」

「ありがとうございます――ですが、ティファニエさん程ではありませんよ」

「あら、お世辞がお上手ですね？」

などと世間話のような、お世辞の応酬《おうしゅう》のような、そんな会話を交《か》わしつつも、お互《たが》いの剣の鍔《つば》迫《ぜ》り合《あ》いは続いている。

「船体が傷ついて、この空中のままでは危険ですわ――高度を降ろしますわね……！」

機甲親鳥《フライギアボート》の操縦桿《そうじゅうかん》を握るリーゼロッテが、そう声を上げる。

「クリス――！　そのまま食い止めてて！」

「うん……！　わかった――！」

イングリスはラフィニアに顔を向けずに応じる。

虫も殺さぬような可憐さのティファニエの剛力《ごうりき》は凄《すさ》まじく、その余裕はない。

「あれが敵の天恵武姫《ハイラル・メナス》……！　直接乗り込んで来るなんて――いつの間に魔印武具《アーティファクト》を取られたのか、全く分からなかった……！」

レオーネの悔《くや》しそうな気配が伝わる。

「人は見かけによらないのはクリスで知ってたけど――こんなに可愛い子が、あんなひどい事をやらせた悪党の親玉だなんて……！」

「あら？　心外ですね？　私はお亡くなりになった前任者の計画を代わりに遂行《すいこう》したに過ぎませんよ？」

「前任者……？　イーベル様の事ですか……!?　ではリックレアを浮上させるのもイーベル様の計画だったと……？」

「はい、そうですね。イングリスさんと仰《おつしや》ったかしら？　あなた、イーベル様とお会いになったの？」

「ええ——亡くなられた現場に居合わせました。惜《お》しい方を亡くしました、お悔《く》やみ申し上げます」

イーベルの人格その他《ほか》は置いておいて、イングリスとしては本気でそう思っている。

あの攻撃的《こうげきてき》で短気な性格は、戦いの相手としては申し分なかったのだ。

それでいて大戦将《アークロード》を名乗るだけあって、実力も確かだった。

あの時亡くなっていなければ——

きっと顔を合わせる度に全力でこちらを倒《たお》しに来てくれる、素晴らしい手合わせ相手になってくれたのに。

「だからって、あいつが死んだのはあたし達のせいじゃないから！　あたし達を恨《うら》まないでよ——！」

そのラフィニアの言葉に、ティファニエは可笑しそうにくすくすと笑う。

「ふふっ。まさか——あんな鼻持ちならない子供、死んでもせいせいするだけですよ？　お会いになったのなら分かるでしょう？」

ティファニエは世にも可愛らしい笑顔のまま、そう続けた。

「……ちょっと否定できない——」

「わたしは、故人にはその美点を以《もっ》て評価したいと思います。あの方の戦闘《せんとう》能力は惜しむべきものがありました――やはり残念です」

「……イングリスさん――あなた変わった子ね？　もう少し別の見方をした方がいいと思いますが？」

ティファニエが小首を傾《かし》げる。

「――よく言われますが、ご心配には及《およ》びません」

「……まあ、どちらにせよもし彼《かれ》の死にあなた方が関《かか》わっているのなら、むしろ感謝を申し上げないといけませんね？　おかげ様で後釜《あとがま》として機会を得ました。私、彼には嫌《きら》われていましたから。あれでお子様な所はお子様でしたから、中々取り入る事が難しかったんですよね」

彼女の言う取り入るという事が何を意味するか――

想像には難《かた》くない。

清楚な美しさの裏から感じる妖艶さは、そういう所から滲《にじ》み出ているのかも知れない。

「……女性の武器を使って――という事ですか」

「ふふふ――天上人《ハイランダー》と言えども、別に神でも天使でも何でもありませんからね。欲深い方は沢山いらっしゃいます」

そうやって天上人《ハイランダー》の権力者に取り入って、エリスやリップルとは違う立場を得たという事か。

「――私も人の事は言えませんけれど……ね？　天恵武姫《ハイラル・メナス》だからと言って、聖人君子ではありません。野心もあれば欲もあるんですよ」

「そうですね――ハリムさんのお話を聞いていると、何となく想像は付きます」

「あまりいじめないであげて下さいね？　戦いは弱いかも知れませんが――とても元気が良くて、お気に入りなんです。落ち込まれると私が困りますから――ね？」

「……そんな事よりも、わたしは戦いに強い方がいいですが――」

「あら。よろしければ、一度お貸ししましょうか？　良さがわかると思いますよ？」

「け、結構です……！」

何と言う恐ろしい事を言うのか。

イングリスにとっては、有難迷惑《ありがためいわく》以外の何物でもない。

「ふふっ。そんなに可愛らしいんですから、もっと楽しまないと損ですよ？」

「お構いなく。これでも十分楽しんでいますので――」

ただその方向性が、イングリスとティファニエではまるで折り合わないというだけだ。

「あなたは、他の――わたしの知っている天恵武姫《ハイラル・メナス》の方々とは随分《ずいぶん》立場やお考えが違うようですね？」

「そうですね。私はこれでも大戦将《アークロード》の副官、要は天上領《ハイランド》の役人ですから——それは、地上に投げ捨てられた道具達とは違うと思いますよ？」

「何が道具よ……！　エリスさんやリップルさんを悪く言わないで！　二人とも本当に一《いっ》生懸命《しょうけんめい》あたし達の事を守ろうとしてくれるんだから……！　それに比べてあなたはアルカードに来て何やってるのよ!?　あんなに沢山の人達を傷つけて、食糧を奪って！　そんなの天恵武姫《ハイラル・メナス》じゃないわ！　あの人達のほうがずっと立派よ！」

　ラフィニアが怒《おこ》って、ティファニエに食ってかかる。

「ふふ——地上の人々は天恵武姫《ハイラル・メナス》を地上を守る女神だと崇《あが》め、他に行き場のない天恵武姫《ハイラル・メナス》もまた、寄せられる期待に使命感を見出《みいだ》すのかも知れません——ですが、そんなものは空の上から見れば、道具が道具として、体《てい》のいい働きをしているだけ。何も変わらず、天上領《ハイランド》は地上を見下ろし続けるだけ——おままごとなんですよ？　楽しそうでいいですね？」

「た、楽しくなんかないわよ……！　みんな一生懸命に、必死に——！　それを馬鹿《ばか》にしたような言い方は許せないわ！」

「あはっ。でしたらどうします？　私を倒しますか？　倒せますか？　あの大地の楔を離れた街をどうします？　止められますか？　ちなみに、『浮遊魔法陣』を急速発動させるために、捕《と》らえた人間の過半数は処刑《しょけい》して魔素《マナ》を大量に解放しましたよ？　今からあなたに何が出来ます？　死者を生き返らせるとでも？　そもそも、ここで足を潰《つぶ》されれば、もう近づく事すらできませんよね？」

「そ、そんな……!?　『浮遊魔法陣』ってそんな事に……!?」

どうやら『浮遊魔法陣』については、イングリスの想像通りだったようだ。

が、あえて言わなかった事をティファニエが言ってしまった。

余計な事を――と思うが、ラフィニアは衝撃《しょうげき》を受けた様子から、すぐに頭《かぶり》を振《ふ》って前を向き直していた。

「いや、まだ生き残りがいるのなら、その人達を助けるわ……！　何もかもあなたの好きなようにはさせないから……！」

「プラムは!?　プラムはどうした!?　お前達がイアンに命令して攫《さら》わせたのか!?」

ラティのその問いかけに、ティファニエは特に勿体《もったい》ぶらずにあっさりと応じる。

「ああ、ハリムの妹さんですか？　心配しなくても、ハリムが丁重《ていちょう》に保護していますよ。イアンと言う人は知りませんが――ね」

それは、どういう事だろうか。

ではイアンは一体どうしたのか――ティファニエは何かを隠《かく》しているのか、それとも本当に知らないのか。

気にはなるが、今はそれだけに構ってはいられない。

「心配いりませんよ？　人質《ひとじち》だなんて言うつもりはありません。そんな事をしては、部下達との信頼《しんらい》を損《そこ》ねますから。これでも、仲間は大切にしたいですし、優秀な方にはどんどん集まって頂きたいんです。ですから、私の部下を退けたあなた達なら歓迎《かんげい》しますが、どうなさいます？」

ティファニエは全く悪びれず、穏《おだ》やかな顔でそう述べる。

「——よくそんなこと平気で言えるわ……！　あれだけの事をしておいて——！」

ラフィニアの呟《つぶや》きの通りではあるが、ハリムや他の天上人《ハイランダー》達はティファニエを異様に慕《した》っている様子ではあった。

だから本当に、自分の子飼いの者達には手厚い待遇《たいぐう》をするのかも知れない。

逆に敵や地上の人々に対しては、一切《いっさい》の情け容赦《ようしゃ》を持ち合わせていないのだろう。

「天上人《ハイランダー》になりたければ、して差し上げますよ？　何でしたら天恵武姫《ハイラル・メナス》化を試《ため》してみても構いませんし——下らない使命や義務なんてものを捨ててしまえば、力を得る手段としては悪くないかも知れませんよ？」

「——わたしでも天恵武姫《ハイラル・メナス》になれるものなのですか？」

イングリスの問いかけに、ティファニエは頷《うなず》く。

「可能性はありますよ？　生まれつきの天恵武姫《ハイラル・メナス》などいません。皆天上領《ハイランド》で処置を受けて、そうなるんです。私も元はただの娘でした。他の天恵武姫《ハイラル・メナス》達もそうです。イングリスさん、あなたなら天恵武姫《ハイラル・メナス》化に成功すれば私を超《こ》えると思いますよ？　無印者の今でさえ、私とこうして渡《わた》り合えるんですから――」

長くお喋《しゃべ》りを続けているが、手元の鍔迫り合いはずっと続いていた。

ティファニエはずっと、人間離《ばな》れした力強さでイングリスを押し返して来ている。

それはとても、心地の好《よ》い手応えだった。

つい長く楽しみたくなってしまう。

「ふざけないで！　天恵武姫《ハイラル・メナス》は、あなたの言ってる下らない使命や義務があってこその天恵武姫《ハイラル・メナス》だわ！　だから尊い！　だからあたし達の守り神なのよ！　あなたは何も分かってない――！　天恵武姫《ハイラル・メナス》だけど天恵武姫《ハイラル・メナス》じゃない……！　そんなあなたに付いていくなんて、絶対に嫌！　馬鹿にしないで！」

「……ええ――！」

「その通りですわね……！」

「ああ……！」

ラフィニアの力強い言葉に、レオーネやリーゼロッテやラティは頷く。

こういう時のラフィニアは見ていて微笑《ほほえ》ましく、保護者の立場としては少々鼻が高い。

だからこそ一つ、思う事がある――

「……すいませんでした――」

天恵武姫《ハイラル・メナス》化にちょっと興味を惹《ひ》かれていた事を、小声で謝《あやま》っておく。

単に力を増すのであれば、それも面白《おもしろ》そうだと思ったのである。

一度試《ため》しに受けてみて、何かおかしな所があったら、かつて洗礼を受けた時のように、影響《えいきょう》を弾《はじ》いて無効化するまでである。

だから大丈夫だし、見る価値はあると――仕方がないのだ。

知的好奇心《こうきしん》というやつだ。

「……クリス？　今何か変な事考えてたわね？」

「い、いやそんな事ないよ……!?　わたしもエリスさんやリップルさんは立派だと思ってるから――」

そんな様子を見て、ティファニエはくすくすと笑い始める。

「ふふふっ。そうですか――黒髪《くろかみ》のあなた、お名前は？」

「ラフィニアよ！　ラフィニア・ビルフォード！」

「そう、ラフィニアさん――あなた、いい子ですね？　それも、とってもね。清く、正しく、美しく――ですね？　私もそういう子は好きですよ？　ふふ……そういう子がどこで折れて、どこまで堕《お》ちるか――見てみたくなりますもの」

「……！」

「あなたは肉体的苦痛か、精神的苦痛か、どちらがお好みでしょうね？　そうだ、生爪《なまづめ》を一枚ずつ剥《は》いで、あなたが声を上げてしまったら目の前の人質が殺される――みたいな遊びをしましょうか？　無理にでもあなたは連れて帰ってあげますから――楽しみにしていてくださいね？」

「う、うるさい……！　そんな事であたしが謝るとでも思ってるの――!?」

「ふふ――ですがもう、顔が少し怯《おび》えていますよ？　そして、イングリスさん――あなたはどうなさいます？　興味がありそうなご様子でしたが？」

「……いいえ、それは勘違《かんちが》いです。あなたと交渉《こうしょう》の余地は一切ありません」

「？　あら、急に冷たいですね？」

「ええ――わたしはラニの従騎士《じゅうきし》です。ですから、ラニを傷つけようとする者は許しません。排除《はいじょ》あるのみです――」

ラフィニアを傷つけようとする者。

ラフィニアを泣かせようとする者。

そしてまだまだ子供のラフィニアを、かどわかそうとする悪い虫――

絶対に許さない。

排除、排除、絶対に排除だ。

「まあ、これだけの力を持つあなたが――こんな浅はかな正義感だけの子に従おうと言うの？　それでいいのかしら？　勿体ないですよ？」

「力だけで全てが決まるわけではありません。人の世の愛や絆《きずな》と言うのは、そういうものでしょう？　わたしとラニにはそれがありますから、それでいいんです」

イングリスはきっぱりとそう応じる。

「……いつも力しか追い求めてない人が急にそんな事言っても――」

「ラニ……！　わたしは真面目《まじめ》に言ってるんだよ……！」

「ふふっ。ウソよ。ありがと――嬉《うれ》しかったわよ。ちょっと恥《は》ずかしかったけど」

ティファニエはふう、と一つ嘆息《たんそく》する。

「お話は楽しかったですが、ここまでのようですね。では初めの予定通り――足を潰させて頂きましょうか？　あのリックレアの土地は天上領《ハイランド》に持ち帰って、前任者とは違うという所をお偉方《えらがた》に見せなければいけません。邪魔《じゃま》が入らないように念入りに――ね？」

「望むところです……！　そろそろあなたの本当の力もお見せ頂きたかった所です」

今のティファニエは、レオーネの魔印武具《アーティファクト》を奪《うば》って使っているだけだった。

天恵武姫《ハイラル・メナス》は通常の女性の時でも、自分の武器を召喚《しょうかん》して使ってくる。

リップルは銃《じゅう》を呼び出して使っており、武器化形態になるとやはり銃だった。

同じく血鉄鎖《けってつさ》旅団の天恵武姫《ハイラル・メナス》は槍《やり》。

エリスの武器化形態は見た事が無いが、戦う時に召喚していたのは双剣《そうけん》だった。

恐らく武器化形態も双剣だろう。

ではこのティファニエは何なのだろう？　今の所はまだ見えないのだ。

興味深い――早く見せて頂きたい。

そして思い切り戦わせて貰《もら》いたい。

「ふふ――それはあなた次第《しだい》ですね？　では……いきますよ！」

ティファニエが握るレオーネの黒い大剣の魔印武具《アーティファクト》がさらに伸び、地面にまで突き刺さると、ティファニエの体をぐんと高く持ち上げた。

あっという間に、見上げるほどの高さだ。

「……！」

そこで一度、黒い大剣が一瞬《いっしゅん》にして元の大きさに戻《もど》る。

剣を構えたティファニエが、空中に放《ほう》り出されたような形だ。

「ふふふ……」

笑みを浮かべながら、ティファニエが空中で斬撃を振りかぶる。

と同時に、再び魔印武具《アーティファクト》が膨張《ぼうちょう》。

イングリス達の頭上にかかる影《かげ》が、その巨大な質量を物語っていた。

「わ、私が使うより遥《はる》かに凄《すご》いわ……！」

レオーネが目を見張っている。

確かにティファニエが握る魔印武具《アーティファクト》は、いつもレオーネが使っている時よりも早く、大きく、目まぐるしく奇蹟《ギフト》を発動させていた。

「さあ――これをどうします⁉」

ゴウウゥゥウゥウッ！

唸《うな》りを上げて振り下ろされる、巨大な黒い刃。

その勢い、質量――

これは放っておけば、機甲親鳥《フライギアポート》を真っ二つにしてしまいかねない。

これ程の攻撃《こうげき》、真っ向から受け止めてみたいのが山々だが――

イングリスが生み出した氷の剣で受けたとしても、その衝撃はやはり機甲親鳥《フライギアポート》に伝わり、船体が墜落《ついらく》しかねない。

さすがにそれはまずい。

ならば――――！

イングリスはティファニエの斬撃に飛び込むように地を蹴《け》った。

「……!?」

ティファニエは一瞬、怪訝《けげん》そうな表情を浮かべる。

イングリスが自ら攻撃を貰いに飛び込んでいるようにも見えるから、無理もない。

しかし、機甲親鳥《フライギアポート》を守る必要のあるこの状況《じょうきょう》では、最適解のはず。

踏《ふ》み込みの際には大きく身を捻《ひね》り、体勢は整えている――――！

「はあぁぁっ！」

ゴオオオオォォォォォォンッ！

やや鈍《にぶ》い金属音が、大きくその場に響《ひび》き渡る。

イングリスが振り抜いた蹴りが、巨大な刀身の横腹を強烈《きょうれつ》に叩《たた》いたのだ。

真横から異様な衝撃を加えられ、ティファニエが放った斬撃の方向は大きく逸《そ》れた。

刀身の軌道《きどう》は機甲親鳥《フライギアポート》の船体を外れ、下の地面へ向かう。

深く降り積もった雪に大穴を穿《うが》ち、盛大に巻き上げた。

「――まあ、あの攻撃を逸らすなんて……」

ティファニエは思わず目を見張った。

斬撃を受けるならば、力で食い止めればいい。

斬撃を避《よ》けるならば、間合いを見切る技を発揮すればいい。

だが斬撃を逸らすには――力と技の両方が必要だ。

振り下ろされる剣の軌道を見切り、最善の瞬間を測った上で、異様なまでの衝撃を剣の横腹に叩き込まなければならない。

イングリスのやった事は、そういう事だ。

――これ程の真似《まね》が出来る者は、ティファニエの配下にはいない。

いや、むしろティファニエ自身でも――

全く同じ事をやれと言われて、出来るかどうかは怪《あや》しい。

そもそもティファニエならば、あの状況であの手は取らないという問題はあるが――

それにしてもあの無印者の少女は異常だ。

無印者で、魔印武具《アーティファクト》も持たず、魔素《マナ》も使わず、この天恵武姫《ハイラル・メナス》の渾身《こんしん》の一撃《いちげき》をあんな風に逸らす――

ティファニエには、イングリスがあんな事が出来る理由の、合理的な説明が出来ない。

つまり、ティファニエですらもまだ知らない、未知なる存在かも知れない――

そういった相手には、警戒《けいかい》をしてし過ぎる事は無い。

天上領《ハイランド》の中でのし上がっていくには、失敗など許されないのだ。

もはや念のため機甲親鳥《フライギアポート》を潰すというような、気楽な話ではなくなった。

油断はできない。

気を引き締《し》めて、イングリスを叩いておかなければ――

ティファニエは空中にいるイングリスに注意を向ける。

見事な攻撃でこちらの攻撃を逸らしたが、空中に放り出され姿勢の制御《せいぎょ》が難しいはず。

そこを逃《のが》さず、追撃《ついげき》を――

「……!?」

しかし、ティファニエの視線の先に、イングリスの姿は無かった。

驚《おどろ》いて一瞬気が逸れた隙《すき》に、何処《どこ》かへ消えて――

「こちらです……！」

「！」

その時、イングリスは黒い大剣の刃の上を駆《か》け上がっていた。

長く伸びて地面に突き刺さった剣は、イングリスから見れば絶好の足場、道だった。

空中で姿勢を制御し、上に飛び乗り、駆け上がってティファニエに肉薄《にくはく》した。

「それはレオーネのものですので……！」

取り返させて貰う！

ドゴオォォォォォッ！

ティファニエの背中に突き刺さるように、イングリスの回《まわ》し蹴《げ》りが直撃《ちょくげき》した。

「きゃあああぁぁぁぁっ⁉」

地面に墜落して行くティファニエ。

イングリスは蹴りの反動で飛び上がって、機甲親鳥《フライギアポート》の船上へと舞《ま》い戻っていた。

その手には、ティファニエの手から滑《すべ》り落ちて元の大きさに戻ったレオーネの魔印武具《アーティファクト》もしっかりと掴《つか》んでいる。

「はい、レオーネ。返すね」

それを持ち主に返却《へんきゃく》した。

「あ、ありがとう……あ、相変わらずとんでもない動きよね——空中であんなに——怖《こわ》くないの？」

「うん。空中で戦うのも気持ちよくて好きだよ」

イングリス王の時代は機甲鳥《フライギア》や機甲親鳥《フライギアポート》などは存在せず、空中を戦場とする事など無かった。

イングリス・ユークスとして今に生まれ変わらなければ、体験し得なかった事だ。

新鮮《しんせん》であり、興味深い戦いが楽しめる——

悪くない戦場だ。

「ははは——」

レオーネは引き攣《つ》った笑いを浮かべる。

「クリス、どうなの——？　今ので倒せた!?」

「まさか。天恵武姫《ハイラル・メナス》があの程度でどうにかなったりしないよ。じゃあ続き、行ってくるね！」

イングリスはそう言うと、機甲親鳥《フライギアポート》の船体の手摺《てすり》を蹴って、外に飛び出した。

「あ、ちょっとせめて機甲鳥《フライギア》に乗りなさいよ！」

「待ちきれないから！」

イングリスはそのまま地面に落下して行き――

着地の直前に霊素殻《エーテルシェル》を発動する。

まともに飛び降りて着地をすれば大怪我《おおけが》をするかもしれないが、元々リーゼロッテの操縦でそれなりに機甲親鳥《フライギアポート》の高度は落ちていたし、こうして身体強度を上げれば何の問題も無い。

問題があるとすれば――今雪の上に着地をしたので、大量の雪が服の中に入って来て冷たいと言うくらいだろう。

「お待たせしましたティファニエさん――さあ続きをお願いします……！」

イングリスは呼びかけるが、返答はない。

近くにティファニエが地面に衝突《しょうとつ》した跡《あと》はあるが、既《すで》にそこに彼女《かのじょ》の姿はない。

「――？　どこに隠れ……」

ばしっ！

何かがイングリスの足を掴んだ。

そしてそのまま、逆《さか》さ吊《づ》りに体を持ち上げられた。

「ひゃあっ……っ!?」

イングリスは思わず、逆さに捲《めく》れ上がってしまいそうな服の裾《すそ》を押さえる。

自然とそうしてしまってから——自分の行動に気が付き恥ずかしくなった。

これは、女の子ならば当然の動きなのかもしれない——

しかし自分が、そんな自然な女性の動きをしていていいものか。

一体どこまで、女性に近づいて行くのか。

しかも戦闘中だと言うのに——

「あら。意外と恥ずかしがり屋《や》さんですね？　あんなにもお行儀《ぎょうぎ》が悪かったのに——」

イングリスを逆さに持ち上げたのは、ティファニエだった。

積もった雪の中に身を伏《ふ》せていたらしい。

「いえ、これ自体が恥ずかしいというのではなく、思わずこうしてしまった自分が恥ずかしいと言うか……複雑な気分です——」

「そう。よく分かりませんが、次は痛い気分を味わって下さいね——⁉」

ティファニエはイングリスの足を両脇《りょうわき》に抱《かか》え、ぐるぐると振り回す。

恐《おそ》ろしい位可愛《かわい》らしい顔立ちをしておいて、凄まじい力だ。

純粋《じゅんすい》な腕力《わんりょく》と言う意味では、エリスやリップルやシスティアの、他の天恵武姫《ハイラル・メナス》の誰よりも強いかも知れない。

「やあああぁぁあっ！」

そして勢いをつけた遠心力で、近くの林にイングリスを放り投《な》げる。

「……っ！」

猛烈《もうれつ》な勢いで吹《ふ》き飛ぶイングリスの体。

あっという間にいくつかの細い木をなぎ倒し、その度に結構な衝撃と痛みが走る。

これはこれで――いいものだ。

そして、吹き飛んだ先にかなりの太さの巨木《きょぼく》が現れる。

これは逆に好機だ。いい足場になる。

細い木では勢いでなぎ倒してしまい、いい足場にならない。

イングリスは身を反転させ、巨木の幹に足をかける。

ミシミシと軋む音がするが、何とかイングリスの勢いを受け止めてくれた。

「はあぁぁっ！」

思い切り幹を蹴って反転し、逆にティファニエの元に飛び込む――！

が、さらに逆に、ティファニエもイングリスを追って飛び込んで来ていた。

「!?」

「やあぁぁあっ！」

あちらも武器を持たず、徒手空拳《としゅくうけん》で——である。

「望む所です！」

ドゴォォォォォッ！

真っ向から撃《う》ち合ったお互いの拳《こぶし》が大きな音を立てる。

かなりの腕《うで》の痺《しび》れを感じる。いい手応えだ。

「……分かりませんね」

「？　どうされましたか？」

「無印者で、天恵武姫《ハイラル・メナス》でも無いあなたにどうしてここまでの力が——と。先程《さきほど》は魔素《マナ》を使っていたようですが、今はそれも感じません」

「まあ、鍛《きた》えていますので」

「……まともに答える気はない——と。では力ずくで聞き出してみましょうか……！」

「はい！　力ずくで襲《おそ》われるのは大好きです！」

「ふふっ。変わった趣味《しゅみ》ですね——！」

ティファニエが拳を引き、逆の拳を繰《く》り出してくる。

勢い、鋭《するど》さ、共に申し分のない強力な打撃《だげき》だ。

――だが反応できない程《ほど》ではない。

イングリスは左腕《ひだりうで》の防御《ぼうぎょ》でそれを防ぎ、すかさず反撃《はんげき》に右の中段蹴りを繰り出す。

だがティファニエの側も、今のイングリスに劣《おと》らない反応速度だ。

対応するように動き出した彼女の左腕は、イングリスの蹴りを防御――

せずに、拳をイングリスの腹部に叩き込んで来る。


ドゴッ！　どむっ！


イングリスの蹴りがティファニエの横腹に、ティファニエの拳は正面からイングリスの腹に突《つ》き刺《さ》さった。

「ぐっ……！」

「くっ――！」

だがお互いにこの程度では止まらない。

すぐさま次撃を繰り出し――今度はお互いの拳がお互いの横面《よこつら》を殴《なぐ》り飛ばした。

「はあぁぁっ！」

「やあぁぁっ！」

ドガガガガッ！　ドゴゴゴゴォォッ！

拳の連打がお互いの体を撃つ。最後の蹴りもお互いの体を捉《とら》え、衝撃でお互いの体が吹き飛び、一時的に距離《きょり》が離《はな》れる。

「なるほど――面白い戦い方です……！」

これまで、他の天恵武姫《ハイラル・メナス》――エリスやリップルに手合わせして貰ったり、システィアと戦った経験があるが、ティファニエは他の誰《だれ》とも違《ちが》った。

他の天恵武姫達《ハイラル・メナスたち》の攻撃は、強力ではあったが、受け凌《しの》いだり捌《さば》いたりする事が出来た。

が、彼女の攻撃はイングリスを捉えて来る。

それは何故《なぜ》か――

ティファニエには、イングリスの攻撃を避けたり防いだりと言う気が全く無いからだ。

戦いと言うものは、普通《ふつう》は相手の攻撃を貰わず、自分の攻撃を当てるように立ち回るもの。

他の天恵武姫達《ハイラル・メナス》も勿論《もちろん》そうだし、ユアもそうだ。

特にユアは、自分の動きを相手に悟《さと》られずに攻撃する技術に長《た》けていた。

相手の攻撃を貰わず、自分の攻撃を当てるという事に特化していた。

ティファニエはそうではない。

相手の攻撃は一切無視で、防御体勢を取らずに自らの攻撃を繰り出してくる。

防御を捨て、相手に攻撃を当てる事に特化しているのだ。

確かに相手の攻撃の動作を相手の隙と捉えるのならば、自らの攻撃を相手に当てることは容易になる。

ただし、引《ひ》き換《か》えに相手の攻撃は全《すべ》て貰う事になるため、相手より先に倒れる事の無い耐久力《たいきゅうりょく》が必要になる。

天恵武姫《ハイラル・メナス》は身体能力や耐久力が常人離れした超人《ちょうじん》だが、余程《よほど》耐久力に自信があるのだろうか？

どちらにせよ、ティファニエの見た目の可憐《かれん》さや上品さとはまるで見合わない、とても泥臭《どろくさ》い戦法ではある。

「相手の攻撃を避けも防ぎもせず、自らの攻撃に専念する……という事ですね」

「ふふ――お分かりになりました？　でしたらどうします？　逃《に》げますか？　その綺麗《きれい》な顔があまり腫《は》れたりするのも、嫌《いや》ですものね？」

「まさか……！　お付き合いしますよ、あなたの戦い方に」

戦いとは、相手の長所を受け止めて、その上で勝つもの。

それが最も自分の実戦経験となり、自分の成長に繋《つな》がるのだ。

ティファニエが防御なしの殴り合いを挑《いど》んで来るというのなら、受けて立つ。

そしてその上で、殴り倒《たお》して勝たせて貰う――！

「では、行きます――！」

イングリスが再びティファニエへ突進《とっしん》しようとした時――

「ティファニエ様あぁぁぁっ！」

「お、お怪我《けが》をされているのですか――⁉」

「な、何とおいたわしい……！」

何人かの天上人達《ハイランダー》が、機甲鳥《フライギア》に乗って姿を見せていた。

ハリムの姿は無いが、皆彼《みなかれ》のように美形の青年達で、ティファニエの趣味と言うものが窺《うかが》い知れるようだ。

ティファニエはかすり傷程度の軽傷だが、大袈裟《おおげさ》に騒《さわ》いでいる。

「あら、あなた達。お留守番をなさいと言っておいたでしょう？　リックレアはもう空に進み始めているんですから、しっかり見ていないと――」

「いやしかし――！　ティファニエ様お一人が戦いに出られるなど――！」

「我々も戦わせて下さい！」

「今度こそ、そこの銀髪《ぎんぱつ》の娘《むすめ》を倒してご覧に入れます――！」

「いけませんよ。あなた達では敵《かな》いません。無駄死《むだじ》にはいけませんよ？　これでもあなた達が大切なんです――今は我慢《がまん》をして、後で私を癒《いや》して下さい？」

「は、はい……！　私にお任せを！」

「いや僕《ぼく》が！」

「俺《おれ》が……！」

「ふふっ。あせらずに順番に――ね？　私は逃げませんし、このままリックレアを天上領《ハイランド》に持ち帰れば、きっとご褒美《ほうび》を頂けますからね？　任務を終えた後は、しばらくゆっくり楽しみましょう？　今はそこで応援《おうえん》していて下さい。それが私の力になりますから――」

すっかりこちらが悪役のような雰囲気《ふんいき》だが――こちらも一人ではない。

「クリス！　大丈夫《だいじょうぶ》!?」

頭上から、ラフィニアの声が降って来た。

機甲親鳥《フライギアポート》から星のお姫様号《スター・プリンセス》を出してきたらしく、ラティと二人乗りで搭乗《とうじょう》していた。

操縦桿《そうじゅうかん》を握《にぎ》っているのはラティだ。

姿の見えないレオーネとリーゼロッテは、機甲親鳥《フライギアポート》を守っているのだろう。

「うんラニ、大丈夫だよ」

「先に行くぜ！　ここは頼《たの》む！」

「お願いね、クリス！」

二人がそう言い残し、星のお姫様号《スター・プリンセス》は空に浮《う》かぶリックレアの街へと飛んで行く。

その加速はイングリスとラティが色々と改造した甲斐《かい》もあり、並の機甲鳥《フライギア》より遥かに速い。

「お、おお……！　速い……!?」

「何だあの機甲鳥《フライギア》は……！」

「追いなさい。あれはお偉方への貢《みつ》ぎ物《もの》――何かあっては私達の立場にも差し支《つか》えます」

「「ははっ！」」

天上人《ハイランダー》達は頷いて星のお姫様号《スター・プリンセス》を追う。

が――星のお姫様号《スター・プリンセス》のラフィニアが後ろを振り返り、愛用の弓の魔印武具《アーティファクト》――光の雨《シャイニーフロウ》を引き絞《しぼ》っていた。

「そうは行かないわよ――！」

弓から白い光が放たれて、いくつもの細かい雨のように拡散。

天上人達《ハイランダー》の周囲をぐるぐると回り始める。

「うおぉおっ⁉」

「くっ――目眩《めくら》ましかっ⁉」

そこに、別の方向から声が割り込む。

「でえぇぇぇぇいっ！」

レオーネの声だった。

同時に地上から魔印武具《アーティファクト》の黒い刀身が長く伸《の》び、天上人達《ハイランダー》の乗る機甲鳥《フライギア》の機体を薙《な》ぎ払《はら》った。

「何っ……⁉」

「伏兵《ふくへい》か――っ⁉」

それ程の高度では無かった事もあり、天上人《ハイランダー》はそれぞれ無事着地はしていたが――足は潰《つぶ》した。

容易にラフィニア達に追いつく事は出来ないだろう。

「おお――いいね」

先に出たラフィニアが敵の目を引き付け、その隙をレオーネがついて敵の足を潰す。

ティファニエが自らこちらの足を潰しに来た敵側のお株を奪うような、中々に考えられた連携《れんけい》だ。

誰が考えたのだろう？　ラフィニアが考えた作戦ならば少々鼻が高い。

だがやはり、騎士アカデミーの座学も優秀《ゆうしゅう》なレオーネかリーゼロッテだろうか？

「イングリス！　私達も行くわね！」

「後はお願いしますわね――！」

レオーネとリーゼロッテも機甲親鳥《フライギアポート》に積んでいた機甲鳥《フライギア》で飛び出し、ラフィニア達の後を追って行く。

今は、リックレアの街に取りついて、プラムや生き残りの人々の救出を優先、という事だ。

「分かった――！」

「ふう――困りましたね。あまりゆっくり楽しんでもいられなくなりました」

ティファニエが嘆息する。

「ええ、そのようですね」

「では、急がせてもらいます――！」

そう言ったティファニエが向こうから、一直線に突進して来た。

「……！」

イングリスはそれを迎《むか》え撃つべく、身構える。

見た所、ティファニエの突進の勢いは鋭く力強いものの、先程までとそれ程の変わりはない。

急ぐという言葉の意味は、まだ把握《はあく》できないが――

ティファニエは笑顔《えがお》を見せていた。

「そう、正面から受けて立って下さるのね――ありがとう、私はちょっとズルをさせて貰いますけど、ね――！」

カッ――！

ティファニエの体が光に包まれる。

直後、振《ふ》りかぶったイングリスの拳がティファニエに着弾《ちゃくだん》するが――

ガアァァァァン！

「!?」

手触《てざわ》りが、硬《かた》い――！

ドゴオォォォッ！

返しの蹴りの威力《いりょく》も、先程とは段違《だんちが》いだった。

「くう――っ⁉」

衝撃《しょうげき》に吹き飛ばされながら、何とか踏み止《とど》まった。

「その姿は……⁉」

先程の光が収まった後、ティファニエの姿が変わっていた。

キラキラとした装飾《そうしょく》があちこちに散りばめられた、白金の鎧《よろい》――

造詣《ぞうけい》が美しく、戦場での道具というよりも、一つの完成された美術品のようだ。

それが、ティファニエの身体《からだ》を覆《おお》っている。

元々可憐な彼女が、鎧を纏《まと》った事でさらに神秘的に、気高い雰囲気に見える。

「ふふ――私の本当の力が見たかったんでしょう？　お見せしますよ？」

「なるほど――あなたは鎧の天恵武姫《ハイラル・メナス》……！」

その鎧に包まれた高い防御力《ぼうぎょりょく》があってこそ、守りを捨てたあの戦い方が真に有効になるというわけだ。

守りは全て鎧に任せられる自信があるのだろう。

そう考えれば、あの無《む》鉄《てっ》砲《ぽう》に思える戦法も、非常に効率的なものになり得る。
なるほど、今まではまるで本気では無かったというわけだ。
「そういう事です――！　さあ観念なさい……！」
勝ち誇《ほこ》ったような顔のティファニエが、イングリスを追撃してくる。
重いはずの鎧を纏ったのにもかかわらず、その速さは先程と比べ物にならない。
どうやらあの鎧が、ティファニエの身体能力をも引き上げているようだ。

ゴウゥゥッ！

そこから繰り出される拳は、風を斬《き》り裂《さ》く唸りを上げるまでになっていた。
それが、イングリスの顔面を捉えて着弾し――
ぴたり、とそのまま止まった。
「え……!?」
ティファニエは思わず目を剥《む》いた。
状況が状況だけに、一気に勝負を決めるつもりでいたのだ。
今のは渾身の一撃――イングリスの命を奪うつもりで撃ち込んだのだ。

この鎧を纏ったティファニエは、元々の超人的《ちょうじんてき》な身体能力が更《さら》に引き上がり、全ての天恵武姫《ハイラル・メナス》の中でも屈指《くっし》の個体戦闘力《せんとうりょく》を発揮できる。

鎧を纏うと纏わないでは、全くの別物。

先程までのイングリスは確かに強かったが、鎧を纏う前の自分と互角《ごかく》の打ち合いだ。

ならば、一瞬で片づけるのもわけはないはず――

それが、これだ。

ティファニエの強打を顔面に受けても、イングリスはまるでビクともしないのだ。

しかもティファニエの目や感性からして、イングリスは先程とまるで変化がない。

見た目が変わるわけでもない。

身に纏う力が強くなったようにも感じない。

魔素《マナ》など機甲親鳥《フライギアポート》の船上の時より弱いほどだ。

まさに無印者であり、何の力も感じない。

しかし、それなのに――

結果だけがまるで想定とかけ離れている。

という事は、自分には全く分からない力がイングリスに働いている――？

それは確実だろう。

そうでなければ説明がつかない。

だが何だ？　まるで何も分からない――

「な、何なの、あなたは……!?」

「ただの従騎士《じゅうきし》科の学生ですが？」

「嘘《うそ》をおっしゃい！　ただの学生がこんな――！」

ティファニエはもう一度、渾身の力でイングリスに上段蹴りを見舞《みま》った。

しかしそれも――当たりはするが、イングリスはビクともしない。

「済みませんが、わたしも急ぎますので――」

イングリスは、一言そう断る。

ティファニエの攻撃が通じなくなったのは、無論霊素殻《エーテルシェル》を発動し、全身を霊素《エーテル》の波動で覆ったからだ。

本当ならこんな事はしたくなかったが――

しかし、ラフィニアは先行してリックレアの街に向かった。

この場にハリムの姿が見えない事からも、リックレアが完全に空というわけではないだろう。

となれば先行したラフィニアの身に何かありはしないかと、心配になる。

目の届く範囲《はんい》にいてくれれば何とでもするが、見えないものにはどうしようもない。

本音を言えば近くにいて欲《ほ》しいのだが、この状況では仕方のない事でもある。

今のティファニエは、霊素殻《エーテルシエル》を使わない状態で戦えば、苦戦は必至と思わされる程の力だ。

流石《さすが》は天恵武姫《ハイラル・メナス》である。

そういう相手を、更に上位の力で一方的にねじ伏せるのは興を削《そ》ぐ。

ティファニエが滅多《めった》に遭遇《そうぐう》できない強者である事は間違《まちが》いないのだ。

何より、そんな戦い方では自分自身の成長に繋がらない。

力を極《きわ》めるのならば、どんな戦いにも、最大限に自分の成長を求めるべきである。

この場合は出来るだけ霊素殻《エーテルシエル》を使わずに挑み、苦戦の中でそれでも何とかしようと試行《しこう》錯誤《さくご》をする事で、自らの格闘《かくとう》技術や打たれ強さ、戦闘《せんとう》中の駆け引き等、様々な戦闘に関《かか》わる技術の向上を見込む事が出来る。

これは、それらを捨て去るような暴挙だ。

しかし──ラフィニアの安全には代えられない。

強敵は探せばまた見つかるかも知れないが、ラフィニアの代わりなどいないのである。

「──申し訳ありませんが、手は抜《ぬ》きません……！　はあああぁぁぁぁっ！」

霊素殻《エーテルシェル》の輝《かがや》きに包まれたイングリスの拳が、再び白金の鎧の表面を撃つ。

ガイイイイイインッ！

天恵武姫《ハイラル・メナス》の鎧が歪《ゆが》んで軋《きし》み、先程とは違う質の音が響き渡《わた》る。

「な……⁉　きゃあぁぁぁぁぁっ⁉」

先程は涼《すず》しい顔でイングリスの拳を受け流していたティファニエだが、今度は大きく吹き飛んだ。

雪の上を何度も跳《は》ねながら、あっという間にイングリスから遠ざかって行く。

盛大に巻き上がった雪が、白い柱のようにいくつも立ち昇《のぼ》った。

「「ティファニエ様っ⁉」」

ティファニエの手下の天上人《ハイランダー》達の悲鳴が上がる。

「な、何だ今の一撃は――⁉　先程は、あんな……⁉」

「そんな事よりも、あの娘を止めろ……！　これ以上ティファニエ様をやらせるか！」

「おう！　いや――⁉　い、いない⁉　あの娘、消えたぞ――！」

その時既に、イングリスはティファニエが止まった地点に立っていた。

別にイングリスが何か特殊《とくしゅ》な事をしたわけではない。

ただ単に、彼等《かれら》の目には全く留《と》まらない程の高速で移動をしただけだ。

「――追撃させて頂きます！　はあああぁぁぁぁぁあっ！」

イングリスはティファニエが起き上がる前に、拳の連打を繰り出した。

ドガガガガガガガガガガガッ！

「ああああぁぁぁぁぁぁあっ――!?」

弾幕《だんまく》のように降り注ぐ拳は、ティファニエの体を撃つだけではなく、その周囲の地面を破壊《はかい》して行く。

あっという間にティファニエの周囲の地面が陥没《かんぼつ》し、大きな孔《あな》が出来上がっていた。

「ティファニエ様！　それ以上やらせるか――！」

「命に代えてもお救いするぞおぉぉぉぉっ！」

「うおぉぉぉぉぉっ！」

必死の形相で、天上人《ハイランダー》達が飛び込んで来る。

「や、止めなさい……！　あなた達では、止められません……！」

連打を浴びながらも、ティファニエは部下達を制止する言葉を口にする。

こんな状況《じょうきょう》でそれが出るのだから、どうやら本気で彼等の身を案じているようにも思えた。

だからというわけではないが――

「………………」

イングリスは一旦攻撃《いったんこうげき》の手を止め、ティファニエの様子を窺う。

彼女の纏う白金の鎧は、不自然に凹《へこ》んだり歪んだりしているものの、決定的に破壊されているというわけではない。

凄《すさ》まじい強度だと言えるだろう。

上級の魔印武具《アーティファクト》をも遥《はる》かに上回っている。

例えば、レオーネの黒い大剣《たいけん》の上級魔印武具《アーティファクト》――

もしあれに霊素殻《エーテルシエル》を発動したイングリスがこの勢いで拳打を撃ち込んだなら、今頃《いまごろ》は粉々になっているのは間違いない。

流石は天恵武姫《ハイラル・メナス》が召喚《しょうかん》した鎧だ。

もし特級印を持つ聖騎士と共に戦う事になれば、虹の王《プリズマー》の攻撃《こうげき》から聖騎士の身を守る事になる鎧の素体に当たるのだろうから、それも当然かも知れない。

ただイングリスとしては、これだけ攻撃して破壊できないのは少々悔《くや》しさも感じる。

「――く……う、うぅ……」

その強度に守られたティファニエもまた、かなり効いてはいる様子だが意識はある様子だ。

こちらも流石と言えるだろう。

イングリスは少し跳躍《ちょうやく》して、後方に距離を取る。

入れ替《か》わるように、イングリスを無視した天上人《ハイランダー》達がティファニエを助け起こす。

「ティファニエ様……！」

「だ、大丈夫ですか……っ⁉」

「後は我等に任せ、お退き下さい――！」

しかし、彼等の言葉にティファニエは首を振る。

「い、いけませんよ……あなた達の敵う相手ではありません――」

「し、しかし……！」

「ここは命を捨ててでも、お守りいたします……！」

「どうかご自重を――！」

この光景だけを見れば、美しい主従関係にも思えるかもしれない。

しかし、彼女達《かのじょたち》がこのアルカードの土地で残虐非道《ざんぎゃく》を働いていたのも事実。

ラフィニアがこれを見たら、どうするべきかと悩《なや》んだだろうか？

いや流石に、同情の余地はないと断罪をしただろうか？

ラフィニアは基本的に人を性善説で捉えて、いい所を探そうとする思考をする。

だから、これを見たら多少なりとも悩んだだろう。

しかしイングリスは悩まない。

人を性善説で捉えたりもしない。

性悪説を唱えるつもりも無いが――

善悪よりも、もっと大事なものがあるのだ。

「――これまでにしましょう。捕《と》らえたプラムやリックレアの生き残りを解放し、『浮遊《ふゆう》魔法陣《まほうじん》』も元《もと》に戻して下さい。その上で天上領《ハイランド》に撤退《てったい》して頂ければ、それ以上の追撃《ついげき》はしませんので――」

本当ならばもっとゆっくりと楽しみながら戦いたかったが、ラフィニアの安全確保のためにティファニエとの戦いを早期決着させたのだ。

ならばその後も早期決着。

ラフィニアの願いや身の安全が最優先である。

「ティ、ティファニエ様……？」

「どういたしましょう――？」

天上人達《ハイランダー》がティファニエを見る。

そういう反応をするという事は――条件に乗ってもいいと考えているようだ。

ある種自然だろう。

イングリスは圧倒的《あっとうてき》優位に立ちながらも、今戻せるものを戻したら水に流すと言っているに等しい。

何の贖罪《しょくざい》も賠償《ばいしょう》も求めないのだ。

甘過《あます》ぎると怒《おこ》る人間も相当数、いるだろう。

だがそんな提案――というよりも一種の助《たす》け船《ぶね》に近いものにも、ティファニエは容易に首を縦に振らなかった。

「……それをして――何になります？」

「天上領《ハイランド》に戻り、再起を図《はか》る事が出来るかと思いますが？」

「ふふっ……それは、失敗しても次が許されるような立場の方には効果的かもしれませんけど、ね――」

「……あなたは違う、と？」

「ええ。イーベル様のような、元々の支配層であり教主様のお気に入りとは違います。私は天恵武姫《ハイラル・メナス》――持っている力が如何《いか》に強かろうとも、天上領《ハイランド》の上層部にとって、地上に払い下げる程度の道具でしかない……失敗して天上領《ハイランド》に戻れば、本来の道具として扱《あつか》われるだけでしょうね」

「わたしはあなたが無事に再び地上にやって来て、再戦出来そうであればそれで構いませんが……？」

「それに何の価値があるの？　天恵武姫《ハイラル・メナス》が天恵武姫《ハイラル・メナス》である限り、本当の意味で地上を救う事など出来はしませんし、何も変わらないし変えられません。私はそんな馬鹿馬鹿《ばかばか》しい事のために戦いたくありません」

ティファニエは余程《よほど》天恵武姫《ハイラル・メナス》としての役割、立場を嫌《きら》っているようだ。

様々な事情が背景にあるのは推測できるが――

「戦いに理由や意味など必要ありません。戦いたいから戦い、強ければ楽しい――それで十分では？　ともかく今度わたしと再会したら、本気で倒そうと攻撃をして下さると約束をして頂ければ――」

「だからそんな事に何の意味があるというの⁉　獣《けもの》ですか、あなたは！」

「わたしはただ、何処《どこ》までも強くなりたいだけです。そのために出来るだけ多くの実戦経験を積む機会を確保しようとしています」

「……付き合い切れません！　何なの、あなたは――！　天恵武姫《ハイラル・メナス》を一蹴《いっしゅう》するような、それだけの力を持ちながら、ふざけた事ばかり……！」

「ふざけているつもりはないんですが――」

思えば、システィアや黒仮面やイーベルにも、こういう話をしていたら怒られたような気がする。

ティファニエは少し気色が違うと思ったが、やはり怒られてしまった。

中々「よし分かった！　次はお望み通り叩《たた》き殺してやる！」などと言って去って行き、修行《しゅぎょう》をしてまた再戦に来てくれるような器の広い相手には巡《めぐ》り合えないものだ。

やはりこちらに来る前に考えていた、イーベルの残した施設《しせつ》を探して自分を複製してみるというのは必要だと、改めて思った。

自分の最大の理解者は自分――である。

今回の件がすべて片付いたら、探しに行かせて貰《もら》おう。

「……ですが状況《じょうきょう》を考えれば、わたしの要求を飲んで頂く他《ほか》はないかと――こんな事は言いたくありませんが、そこにいる方々を人質《ひとじち》と見做《みな》す事も出来ますし……」

「うぅ……っ!?」

「くっ、この娘――!?」

「我々を餌《えさ》にティファニエ様を――！」

天上人《ハイランダー》達が、イングリスの言葉に動揺《どうよう》の気配を見せた。

ティファニエを圧倒《あっとう》する力を目《ま》の当たりにしたのだから、当然の反応ではある。

――しかし、ティファニエは違った。

「――状況を考えれば？　ですか――でしたら、状況認識《にんしき》がまだ甘《あま》いですね」

「おぉ……！　何か奥《おく》の手《て》があると――!?」

そういう話は大好きだ。

決着は急ぐべきだが、少し見せて貰うくらいはいいだろう。

「嬉《うれ》しそうな顔をして――！　その顔がどういう風に歪むか、楽しみにさせて頂くわ！」

ティファニエはそう言うと、天上人《ハイランダー》達の支えを振り切ってイングリスに突進を開始した。

「――!?」

だがその突進に、先程までの速さや勢いは感じられない。

イングリスの拳打を相当食《く》らった影響《えいきょう》が、明確に出ていて隠《かく》せていない。

「やあああぁぁぁぁぁぁっ！」

――繰り出す拳にも力強さが無い。

この状態で何故まだ戦いを続ける――？　何がある？

そう思いながら、ティファニエの拳を打ち払おうとした時――

高く透《す》き通るような音と共に、ティファニエの体が内側から光を放ち始めた。

これは――この光は見覚えがある気がする。

「っ⁉」

そして、イングリスがティファニエの拳《こぶし》を受けると、輝きはさらに膨大《ぼうだい》に膨《ふく》れ上がる。

目を開けているのが困難な程で、イングリスは思わず目を細めた。


ヒイイイイイイイイイン！


独特な甲高《かんだか》い振動音《しんどうおん》が、耳を劈《つんざ》くように響《ひび》き渡る。

これは、間違いない――！　あの時、王宮上空の飛空戦艦《せんかん》上で見たものだ。

「これは天恵武姫《ハイラル・メナス》の武装形態化……⁉」

光の中、もはや人の姿ではなく鎧に変化したティファニエから、イングリスの頭の中に直接声が響いた。

『ええそうです！　私にはまだこの手がある――！　さぁ、身をもって味わいなさい……！

天恵武姫《ハイラル・メナス》の本当の意味を！　その呪《のろ》われた力を……！』

そして光が収まった時――

イングリスの体を、まるで新品のように真新しく復元した白金の鎧が覆っていた。

「……すごい――」

ただ美しい鎧というわけではない。

イングリスが、神騎士《ディバインナイト》が身に纏う霊素《エーテル》――

それがティファニエが変化したこの鎧に流れ込み、元よりも遥かに強化増幅《ぞうふく》して流し返してくる――

それが肌身《はだみ》に感じられる。

恐《おそ》らく今のイングリスは、ただ単に防御力が増したというわけではなく、攻撃力《こうげきりょく》や速度も、圧倒的に全戦力が強化されている。

例えるなら、霊素殻《エーテルシエル》を発動していないのに霊素殻《エーテルシエル》の状態になっているようなものだ。

「これは、素晴《すば》らしい力ですね――」

何より、霊素《エーテル》をも増幅してくるというのが素晴らしい。

他の魔印武具《アーティファクト》は、イングリスが強く霊素《エーテル》を流し込めば破壊されてしまったのだが――

ティファニエが変化したこの鎧には、その気配が全くない。

「おお……！　ティファニエ様が――!?」

「あ、あの娘に装着されて……!?」

「こ、これはどうすれば――？」

彼等にとっても見た事の無い光景だったのだろう。

戸惑《とまど》いが隠せないようだ。

確かに、自分達《たち》の主人が鎧に変化して敵に装着してしまったら、何と戦えばいいのか分からないだろう。

「そのまま見ていればいいと思いますよ。これは、攻撃ですから――」

だが、ティファニエは明確な敵意を持って、イングリスに装着して来たのだ。

――このままで終わるはずがない。

そしてどういう攻撃か、全く見当がつかないわけでもない。

『その通りです――！』

ティファニエの声が、頭の中に響く。

同時に、イングリスの足は何かに引きずられるように勝手に地を蹴《け》っていた。

ドオオォォォォオンッ！


その踏《ふ》み込《こ》みの勢いは凄まじく、それだけで地響《じひび》きが起こる程《ほど》だった。

全力の霊素殻《エーテルシエル》を、更に天恵武姫《ハイラル・メナス》が増幅した形だった。

もはや自分自身でも上手《うま》く反応できない程の速度が出て、森の中に突っ込んだイングリスの体は、巨木《きょぼく》をもどんどん薙ぎ倒《たお》して真《ま》っ直《す》ぐ突《つ》き進《すす》む。


メギイイィッメギメギメギメギメギメギメギメギメギイイイイィッ！


「――っ⁉　体の自由が利《き》かない――⁉」

速度が出過ぎて上手く動けないというだけではない。

体が思うように動かない。

そもそも、森に突っ込んだのも自分の意思ではない。

更に、霊素殻《エーテルシエル》を発動した覚えもない。

勝手に力を引きずり出され、勝手に放出されているのだ。

そして――

「うう……っ⁉　これは——これが……！」

同時に目も眩《くら》むような脱力感《だつりょく》を覚え、一瞬《いっしゅん》視界がぐらりと揺《ゆ》れた。

ただ単に霊素殻《エーテルシエル》を発動しただけでは、こうはならない。

間違いなくこれもティファニエの、天恵武姫《ハイラル・メナス》の効果だ。

『さあ、力を吐《は》き出しなさい……！』

ティファニエの声が再び響き、森をリックレア方面に抜けた所でイングリスの足が止まる。

「くっ……！」

勝手に右手が前に突き出て、そこに霊素《エーテル》が収束していく。

青白く眩《まばゆ》い輝きが生まれ、光弾《こうだん》が形成される。

それが普段《ふだん》より極度に増幅し、遥かに膨れ上がっていく。

「す、凄《すご》い……！」

自分でも驚《おどろ》く位の巨大《きょだい》な霊素弾《エーテルストライク》が出来上がろうとしている。

これは、とても独力では出せない威力だ。

思わず目を奪《うば》われて、口から感想が漏《も》れる。

『ふふ……凄い力ね。こんなものを浴びたら、私もひとたまりもないでしょうね』

「どうするつもりです……!?」

『そうですね。せっかくですから、試《ため》し撃《う》ちでもしてみましょうか？』

ティファニエの声と共に、イングリスは霊素弾《エーテルストライク》を発射していた。

ズガゴゴゴオオォォォォォォォ――――ッ！

普段より遥かに増幅された、超巨大《ちょうきょだい》な霊素《エーテル》の弾丸《だんがん》が前方――リックレアの街が空に飛び立った後に残った窪地《くぼち》に飛んで行く。

それは進路に恐ろしいほど深い轍《わだち》を残し、そして遥か遠くのリックレアの跡地《あとち》に着弾。

天を劈くような巨大な光の柱を立ち上げ、窪地の地面を更に吹《ふ》き飛ばす。

結果リックレアの跡地に残った窪地は更に深く深く抉《えぐ》られて、元々の大きさが倍くらいになっていた。

つまり街の跡地と同規模の破壊痕《はかいこん》が残るという事は――

そこに街があったとしたら、街が丸ごと消し飛んでいたかも知れない。

「――おおぉ……!?」

思わず感嘆《かんたん》が口から洩《も》れる。

凄まじい、素晴らしい威力だ。

自分の力でなく天恵武姫《ハイラル・メナス》の力を借りているのが少々納得《なっとく》行かない点ではあるが――

もっともっと鍛《きた》えれば、独力でこの威力に辿《たど》り着く事も不可能ではないはず。

この光景、威力を目に焼き付けて、これを目指して地力を鍛えて行こうと思う。

が、その前に――

先程《さきほど》感じた虚脱感《きょだつかん》――

それが更に圧倒的に倍加してイングリスの体を襲《おそ》って来た。

「…………っ!?」

一瞬確実に意識を失って、地面に倒れた衝撃によって目を覚ます。

これは――確実に霊素弾《エーテルストライク》を発射した故《ゆえ》の消耗《しょうもう》というだけではない。

そもそも、イングリスの身体《からだ》自体は霊素弾《エーテルストライク》を一発撃っただけだ。

それを天恵武姫《ハイラル・メナス》が増幅したのである。

それだけであるならば、イングリスの負担は霊素弾《エーテルストライク》一発分になるだけのはずなのだ。

『ふふ――どうですか？　苦しいですか？　これが天恵武姫《ハイラル・メナス》の真の姿ですよ？　自分の体に何が起こっているか、分かりますか？』

酷薄《こくはく》な口調のティファニエの言葉が、頭の中に響く。

「え、ええ……天恵武姫《ハイラル・メナス》は、使用者の生命力と言うべき様なものを吸って――そして捨てている……」

起き上がる事が出来ないまま、イングリスはそう応じる。

『……あなた、知っていたの？』

「以前、別の天恵武姫《ハイラル・メナス》の方が武器形態化するのを見た事がありますので――」

騎士アカデミーの先輩《せんぱい》で特級印を持つ三回生のシルヴァが、リップルを一瞬武器化していた時の事だ。

あの時リップルの黄金の銃《じゅう》は、シルヴァの力を圧倒的に高めていたものの――

同時にその裏で、シルヴァの精気、生命力と言うべき様なものを吸い上げて外に放出していたのだ。

その事が、遠くからでもイングリスには感じ取れた。

あの調子で長くリップルを使って戦っていたら、恐らくシルヴァは命を失っていただろう。

だから流石に見過ごせず急行して止め、自分が戦った。

シルヴァの出番を奪ったのは、ただ単に自分が戦いたかったからだけではないのだ。

――とても戦いたかったのも、否定できない事実だが。

そしてその時感じたのは――

天恵武姫《ハイラル・メナス》は使用者の力を圧倒的に高める機能を持ちつつ、消費した力に応じて、使用者の命を削《けず》り取って捨て去るという機能も持っているという事だ。

しかもその二つは表裏一体《ひょうりいったい》かつ不可分で、避《さ》けられない問題だ――

というわけではないのである。

確実に二つの機能は別々で、それぞれに独立している。

技術的な詳細《しょうさい》までは分からないが、避けようと思えば避けられる事のはずだ。

あえて欠陥《けっかん》を仕込んで、それを下賜《かし》しているのだ。

それがあの時はっきり分かった。

つまり、天恵武姫《ハイラル・メナス》は聖騎士の力を圧倒的に高める女神《めがみ》であり、聖騎士の命を奪う死神でもある。

何故《なぜ》天上領《ハイランド》はそんな事をするのか――よく考えれば察しはつく。

聖騎士と天恵武姫《ハイラル・メナス》の力が、天上領《ハイランド》に向けられる事を防ぐためだ。

聖騎士と天恵武姫《ハイラル・メナス》が組み合わさった時の力は、魔石獣の最強種たる虹の王《プリズマー》を滅《めっ》し得る程のものだ。

現状、地上最強の力であると言える。

それが反乱して、矛《ほこ》を向けられるのは、天上領《ハイランド》にとっても流石に脅威《きょうい》と言えるものなのだろう。

　だから、聖騎士がある程度天恵武姫《ハイラル・メナス》を使えば勝手に力尽《ちからつ》きるように、生命力を奪い取るような機能を組み込んで下賜している。

　そうすれば聖騎士と天恵武姫《ハイラル・メナス》が反乱して来ても、放っておけば使い手が倒れ、自然と脅威は消え去るというわけだ。

　地上を守る力を与《あた》えつつ、脅威となり得る存在は取り除く。

　虹の王《プリズマー》と戦って聖騎士が力尽きても、また次の聖騎士を連れて来ればいいし、天上領《ハイランド》にとって地上の国々は生かさず殺さずが丁度いい。

　一見矛盾《むじゅん》する、力を与えつつ力関係を変えないという事。

　それを実現する存在が、聖騎士に力を与えつつ命を奪う天恵武姫《ハイラル・メナス》なのだ。

　ティファニエが天恵武姫《ハイラル・メナス》の使命を下らないと語るのも、分からなくはない話である。

「そうではないかと思っていましたが……あなたのおかげで確信ができました。先程、ラニが失礼な事を言ったのは代わりに謝罪しておきます――済みませんでした」

　イングリスはゆっくりと立ち上がりながら、そう述べる。

　天恵武姫《ハイラル・メナス》の半面しか知らなければこそ、出た言葉だ。

　ラフィニアの真っ直ぐで純粋《じゅんすい》な心根と正義感によるもので、決して悪気があるわけではない。

『……あなた、呆《あき》れた子ね――』

「何か可笑《おか》しいでしょうか？　主人の騎士の無礼を謝罪しておくのも、従騎士の務めかと思いますが――？」

『そんな場合ではないでしょう！　自分の置かれた状況が分かっているの……⁉　天恵武姫《ハイラル・メナス》の危険性に気が付きながら、私の装着を拒否《きょひ》しなかったなんて……！』

「こちらにも色々と、事情がありまして――」

『何の事情か知りませんが、無意味ですね……！　何故ならあなたはここで私に生命力を吸い尽《つ》くされて、帰らぬ人になるのですから――！』

「それは――」

そう、これはティファニエの奥の手とも言える攻撃である。

イングリスに装着して無理やり力を引きずり出し、同時に機能する天恵武姫《ハイラル・メナス》の使用者の命を削るという副作用を浴びせ、イングリスの命を奪うつもりだ。

事実今、イングリスの体は異常なまでの虚脱感、脱力感に襲われている。

これが生命力を奪われるという事なのだろうか――

「イングリス！」

「イングリスさん！」

頭上から、声が降って来る。

見上げると、機甲鳥《フライギア》に二人乗りしたレオーネとリーゼロッテだ。

森をなぎ倒しながらの超高速《ちょうこうそく》移動で、あっという間に先行した彼女達に追いついていたようだ。

「どうしたの、大丈夫《だいじょうぶ》!?　さっきのあの光は……!?」

「それにそのお姿は――!?　倒れられていたようですけれど……!?」

心配をする二人に、イングリスは努めて笑顔《えがお》を返す。

「大丈夫だよ。心配ないから、先に行っ……て――っ!?」

ドオオォォオンッ！

答えている最中に、イングリスの足が地を蹴っていた。

地面がひび割れて、軋む音が鳴り響く。

自分の意思ではなく、これもティファニエがイングリスの体を操《あやつ》ったのだ。

反応し切れない程の圧倒的な勢いが再び出て――

今度は直進ではなく、体が地面に突っ込んだ。

そしてその勢いは、地面と衝突《しょうとつ》して止まるわけではなかった。

地面そのものを貫通《かんつう》し孔《あな》を穿《うが》ち、抉り取って行く。

ガガガガガガガ――――ッ！

自分の体が地中を抉って進む音が耳に響く。


「くぅ……っ⁉」

暫《しばら》く地中を潜行《せんこう》して、地上に浮上《ふじょう》、また潜行、浮上と地面と地下の蛇行《だこう》を繰《く》り返す。

『ふふ……どうです土の味は？　それとも、もう答える余裕《よゆう》もないかしら……⁉』

「あ、あまり気分のいいものではないですね……！　土の中は、髪《かみ》が汚《よご》れてしまいますから――」

『あらあら――ですが、強がっていても分かりますよ？　あなたの生命力がどんどん尽きかけて行くのが――！　呆れるほどに強大な力ですから、その分多くの生命力が削られているわけです……！』

「そうですね……！　こうして過去、多くの聖騎士《せいきし》が亡《な》くなって行ったのでしょう――あなたはそれを知っているからこそ、天恵武姫《ハイラル・メナス》の使命を下らないと断じていた――」

知っているのは、勿論《もちろん》ティファニエだけではないだろう。

エリスやリップルも、その事を知っているのは間違《まちが》いない。

思えば三年前、十二歳の頃《ころ》――

初対面のエリスは、ラファエルの血縁者《けつえんしゃ》であるイングリスとラフィニアを紹介《しょうかい》したレオンに対して、怒《いか》りを見せていた。

それは――あの時の気持ちはきっと、もしもラファエルが虹の王《プリズマー》と戦って力尽きるような事があれば、親族であるラフィニアやイングリスに合わせる顔が無いと考えていたからだ。

だから、まるでこちらを恐れるように、逃《に》げるように距離《きょり》を取ろうとしていた。

今思うと、あの不自然な態度も、あれはあれでエリスらしいと言える。

繊細《せんさい》でかつ、無愛想《ぶあいそう》なように見えて心優《こころやさ》しいのだ。

であるが故に、ラーアルの無法に巻き込まれるイングリスを見過ごせず、守ろうと動いてくれたのである。

きっと今でもイングリス達と顔を合わせる度に、もしもラファエルが自分を使って亡くなるような事があれば――と、その事態を恐れ、イングリス達に対して後ろめたい気持ちになっているのだろう。

いつも微妙《びみょう》に距離を取ろうとするのが、それを物語っている。

そして、聖騎士の方もそれを知っているだろう。

だからこそ、血鉄鎖旅団《けってつさ》に走る前にレオンは言っていた。

自分は仮にも聖騎士。

この国や人々を護《まも》るために命を捨てる覚悟《かくご》は出来ている――と。

あれは誇張《こちょう》や精神論ではなく純然たる事実。

聖騎士が聖騎士たる使命を、つまり襲い来る虹の王《プリズマー》を撃退《げきたい》するという使命を果たせば、天恵武姫《ハイラル・メナス》に命を吸われ、散らせてしまうのである。

だからこそ、自分の使命に正義を問いたくなるのだろう。

果たしてそこまでの価値があるのか？

自分の命が散った後に、何が残るのか？　と。

そしてそれが、天上人《ハイランダー》の好きに蹂躙《じゅうりん》され続ける、何も変わらないカーラリアだと思った時――

自分の命の価値を、もっと別の物に見出《みいだ》したくなったのだろう。

たとえ残された家族が、裏切り者の一族との汚名《おめい》を着る事になっても――

それよりももっと大きな、大義のために――と。

その気持ちは、理解できなくもない。

それは、エリスやラファエル達にとってもそうだったのだろう。

あの瞬間《しゅんかん》こそエリスは怒っていたが、その後恨《うら》み言《ごと》を言うような気配は無い。

リップルやラファエルも一言もレオンの悪口は言わない。

理解しているのだ。

リップルに関してもそうだ。

あの愛想のいい彼女《かのじょ》が、シルヴァが昔リップルに命を助けられた思い出を大切にし、聖騎士を目指していると言った時に、いい顔をしなかったと言う。

それは嬉しさよりも、シルヴァに対する申し訳なさが大きかったからだ。

シルヴァが念願の通りに聖騎士となり、その使命を果たしてしまえば――

その命は失われてしまうのだから。

リップルからすれば、たまらないだろう。

自分を慕《した》って一生懸命《いっしょうけんめい》に修練を重ね、聖騎士にまで成長したシルヴァの命を、自分の手で奪う羽目にもなりかねない。

シルヴァはまだ何も知らない様子だったが――

正式に聖騎士に任命される際に、それを知る事になるのだろう。

リップルもそのような事を言っていた。

天恵武姫《ハイラル・メナス》の副作用が一般《いっぱん》に何も知らされていないのは、そんな事が広く知られても何の意味も無いからだ。

才能ある者が聖騎士になりたがらなくなるかも知れないし、天恵武姫《ハイラル・メナス》の人々を護る女神という印象が薄《うす》れ、それを元に人心を一つに纏《まと》める事が出来なくなるかもしれない。

人々を統治する側からは、明らかにするべきではない情報だろう。

恐らくそれでも――

それらの矛盾を呑《の》み込んで、シルヴァは聖騎士になる道を選びそうではあるが。

それがリップルを守る事になると信じて――

その気持ちはきっと、リップルにも伝わるだろう。

そしてそれが故に、リップルはまた悩みを深くする事になるだろう。

『天恵武姫《ハイラル・メナス》は道具……！　何も変わらない、変えられない、天上領《ハイランド》の支配を維持《いじ》するためだけの存在――！　ですがこの欺瞞《ぎまん》に満ちた力も、立場を変えれば有効なものです……！』

「わたしという敵を殺すためには――ですか？」

『そう――私は負けるわけには行かない……！　天上領《ハイランド》の指揮官として成り上がり、かつてその功績ゆえに独自の所領を許された三大公のように、自由と自分の世界を得るまでは……！』

「なるほど、それがあなたの戦う理由――」

『ええ――私利私欲であろうが、ただの道具よりも意志がある分遥《はる》かに有意義……！　あなたのお友達には、嫌われてしまいましたけど、ね――！』

がくんっ！

そこで急激に、ティファニエが操っていたイングリスの足が止まる。

もうリックレアの街の跡地――

街が飛び立った後をイングリスの霊素弾《エーテルストライク》が更《さら》に深く抉った大穴の手前まで到達《とうたつ》していた。

「クリスっ!?　その格好どうしたの!?　大丈夫――？」

「イングリス――!?　この大穴開けたのもお前だろ……？　いきなりどうして……!?」

星のお姫様号《スター・プリンセス》に乗ったラフィニアとラティの声が、上から降って来る。

「その鎧《よろい》はティファニエ様の――!?　貴様、ティファニエ様をどうした――!?」

続いてハリムの声も降って来た。

どうやらここまでやって来たラフィニアとラティを迎撃《げいげき》に、空に飛び立ったリックレアの街から出てきたようだ。

ラフィニアが何かしらの危機に陥《おちい》る前に追いつけたのは良かったし、目の前にいてくれれば、安心してゆっくり戦える所なのだが――

今は不味《まず》い。

まだイングリスの体は自由に動かせない状態なのだ。

「ラニ！　ラティ！　ここから離《はな》れて！　わたしの近くにいたら危ないから！」

警告を発するイングリスの頭の中に、ティファニエの嬉しそうな声が響く。

『ふふっ。いい事を考えました――私、これでも根に持つタイプなんですよね？』

「……!?　や、止めなさい――！」

イングリスの体が、右手をすっと前に突き出す。

青白い激しい輝《かがや》きが、先程と同じ超巨大な霊素弾《エーテルストライク》を形成して行く。

「な、何と言う輝きだ……！　だが力を感じ取れない――！　ど、どういう事だ……!?」

「す、すごいわ――いつもよりすっごい大きい……！」

「こ、これがさっきこの辺を吹っ飛ばしたんだな――」

皆呆気《みなあっけ》に取られて、イングリスの手元に収束して行く霊素《エーテル》の光を見つめている。

「見てないで早く逃げて……！　本当に危ないから――――！」

霊素《エーテル》が収束して巨大な光弾になって行く程に、イングリスの焦《あせ》りは募《つの》っていく。

ティファニエの狙《ねら》いが分かるから。

そしてそれだけは――

イングリスにとってあり得ない、絶対に避けたい事だからだ。

「な、何言ってるの……？」

「そうだぜ、そんなすごい力なら――」

しかし二人は首を捻《ひね》る。

「お願いだから早くして！　身体の自由が利《き》かないんだよ！　ラニ達にこれが飛んで行くかも知れないから……っ！」

「えええぇぇっ!?」

「よ、よし！　離れるぞ……！」

そこにティファニエの声――

『遅《おそ》いですね――！　この距離でこの規模の攻撃《こうげき》は避《よ》けられません！』

「止《や》めなさいと言っています！　もしそれをすれば、あなたの命は無いものと思いなさい！　もう二度と、一切《いっさい》の情けも容赦《ようしゃ》も掛《か》けませんよ！」

『あははっ。自分の体も自由に動かせない人の言う事なんて、聞けませんよ？　それにこの一撃《いちげき》で、あなたも命を吸い尽くされて死ぬ……！　分かっているんですよ、あなたから流れ出る生命力がどんどん少なくなっているのが……！　如何《いか》に強がろうとも、命が尽きかけている証拠《しょうこ》です――！　さあ、自らの手で大事なお友達を手にかけ、そして自らもお逝《い》きなさい……！　その方が寂《さび》しくないでしょう？　ふふふふ――っ！』

「貴様あぁぁぁぁぁっ！」

そして、霊素弾《エーテルストライク》はイングリスの手を離れる。

ズガゴゴゴオオォォォォォォォ――――ッ！

再び発射された超巨大な霊素《エーテル》の光弾は――

再びリックレアの跡地の大穴に着弾《ちゃくだん》し、巨大な光の柱を立ち上げる。

大量の地盤《じばん》が消し飛んで行き、破壊痕を更に決定的に、深々と大地に刻み込んだ。

『な……!?　狙いを逸《そ》らしたというの――!?　こんな短時間で、私の支配を脱《だっ》しつつあると……!?』

上がった光の柱を背景に、ティファニエの驚きの声が頭の中に響く。

「はぁ……！　はぁ……！」

だがイングリスのほうも、ぐらりと膝《ひざ》から崩《くず》れ落ちて、その場に両手をついて大きく息を弾《はず》ませる。

『いや、それでも――今の一撃で、あなたの命はもう尽きています……！　もはや流れ出る生命力も無くなったのがその証拠……！　なら――！』

イングリスの体が、再び光に包まれる。

先程、ティファニエがイングリスに装着する時の輝きと同じものだ。

今度は光と共に、鎧がイングリスから離れ、人型に戻《もど》って行く。

「――！」

鎧を纏った姿のティファニエが、イングリスの近くに現れていた。

武器形態化を解いて、元に戻ったのだ。

「おおおぉぉおっ……！　ティファニエ様っ！　ご無事でしたか――！」

その姿を見て、ハリムが喜びの声を上げていた。

ティファニエはそれには構わず、イングリスに向けて貫手《ぬきて》を構える。

「ならば私が、止《とど》めを刺《さ》して差し上げます――！」

「！　――はあああぁぁぁぁぁぁあっ！」

ティファニエが貫手をイングリスに突き刺す前に、イングリスは霊素殻《エーテルシェル》を発動し、ティファニエの間合いに踏み込んでいた。

そして一切の手加減も容赦もなく、全力でティファニエの胴《どう》を蹴り上げた。

バギイイイイィィィィイイインッ！

今度こそティファニエの鎧が砕《くだ》け、その体が天高く舞《ま》い上がる。

「ああああああああぁぁぁぁぁっ⁉」

「おおおおぉぉぉぉぉっ⁉　ティ、ティファニエ様あぁぁぁぁぁっ⁉」

弾丸のように空に飛び出したティファニエの体は、滞空《たいくう》していたリックレアの街の基底部にぶち当たると反射して、イングリスが二度も抉った跡地の深い穴へと落ちた。

イングリスは間髪《かんはつ》を容《い》れず、ティファニエの落ちた地点へと間合いを詰《つ》める。

「う……うう――な、何故そんな力が……？　あなたの命は尽きているのに――」

流石《さすが》に精根尽き果てた様子のティファニエは、微《かす》かに呻《うめ》くようにそう言った。

「それは、あなたからはそう感じられた、というだけに過ぎません」

ティファニエは、イングリスから流れ出る生命力が止まったという事象を感じ取り、もうイングリスが力尽きたと判断した。

これまでの天恵武姫《ハイラル・メナス》としての経験で、聖騎士が力尽きる時というのは、そういう力の流れになるものだと知っていたのだろう。

だが今回はそうでは無かったという事だ。

イングリスから流れ出る生命力が止まったのは、イングリスが霊素《エーテル》の力を以《もっ》て天恵武姫《ハイラル・メナス》の機能に干渉《かんしょう》し、生命力を吸い上げ放出する力を無効化したからだ。

それをティファニエが誤解したに過ぎない。

これは、血鉄鎖旅団の首領の黒仮面も行っていた事だ。

彼《かれ》がシスティアを使う時——

生命力を拡散するような禍々《まがまが》しい力の流れは、一切無かったのだ。

あれは恐らく、黒仮面がその霊素《エーテル》の技を持って、システィアの持つ天恵武姫《ハイラル・メナス》の副作用を抑《おさ》え込んでいたのだ。

シルヴァの時との違《ちが》いは、そうとしか考えられない。

だからこそシスティアは黒仮面に絶対服従で、全幅《ぜんぷく》の信頼《しんらい》を寄せて自らの力を委《ゆだ》ねていたのだ。

黒仮面は、システィアをどれだけ使っても死ぬ事は無い。

そういう使い手が存在し、その人物に必要とされるという事が、どれだけの安心感と信頼を生むのか――

天恵武姫《ハイラル・メナス》にとってはまさに救いだろう。

自分の呪《のろ》われた力を、黒仮面の前では気にしなくても良いのだ。

黒仮面が霊素《エーテル》の力でそれを為《な》しているのなら、自分にも不可能ではないはず――

霊素《エーテル》を操る技巧《ぎこう》という意味では、イングリスは彼に劣《おと》るが、ユアと一緒《いっしょ》に過ごした経験で、そのあたりも向上している。

だからこそ――危険な挑戦《ちょうせん》ではあったが、ティファニエの装着を拒否しなかった。

自分には、あの黒仮面が行っていた事と同じ技術を身につけておく必要がある。

そのためには、いい経験だと判断した。

ただ、アルカードに来て長く続いた節食生活による空腹のためか、自分自身の状態はいつもよりかなり落ちていたように思う。

そのせいか思ったより遥かに苦戦をしたが――

何とか最後の所で、上手く行ったというわけだ。

天恵武姫《ハイラル・メナス》の力の真実を知る者達――

天恵武姫《ハイラル・メナス》本人や、それを扱《あつか》う事になる聖騎士――

考え方は人それぞれあるだろうが、ラフィニアにとって一番関わりがあるのは、当然兄であるラファエルの事となる。

ラファエルは、天恵武姫《ハイラル・メナス》と聖騎士についてどう考えているのだろうか？

イングリス達が騎士アカデミーに入学して王都に出て来てからも、顔を合わせる彼には一切の揺らぎが感じられない。

レオンの事に一言の恨み言も言わず、エリスやリップルを気遣《きづか》い、そしてラフィニアやイングリスを前にしては、優《やさ》しく包容力のある兄の顔を見せる。

恐《おそ》らく、完全に覚悟を決めているのだ。

だから一切の揺らぎが無く自然でいられる。

天恵武姫《ハイラル・メナス》の抱《かか》える矛盾を受け入れ、たとえ天上領《ハイランド》に従属せざるを得ない状況《じょうきょう》を何も変えられなくとも――

それでももし虹の王《プリズマー》が現れたのなら、それは放っておいていいものではないだろう。

多くの命が失われ、多くの悲しみが生まれてしまう。

――ならば自分が、と。ラファエルは考えているのだろう。

ラファエルには、幼い事からその素養はあった。

世のため人のために、我《わ》が身《み》を犠牲《ぎせい》にする事を厭《いと》わない、英雄《えいゆう》のそれだ。

そして聖騎士という英雄が、聖騎士として散ったなら――

遺《のこ》されたラフィニアはどう思うだろう？

辛《つら》いだろう。悲しいだろう。

下手すれば一生消えない傷を心に負う事になる。

孫娘《まごむすめ》のように可愛《かわい》いラフィニアに、そんな思いをさせてはならない。

だから天恵武姫《ハイラル・メナス》の力の真実に気が付いてからは、あの黒仮面のような技を身につけるのが、イングリスの修練の大きな命題の一つだった。

その実践《じっせん》訓練は何とか生き残る事が出来たが――

「……」

イングリスは無言で、倒《たお》れたティファニエの身体を上から踏《ふ》みつける。

――逃がさない。

そして、許さない――

この天恵武姫《ハイラル・メナス》はイングリスにラフィニアを殺させようとしたのだ。

寸前で制御《せいぎょ》に成功したが――許される事ではない。

もう二度とあんな事が起きないように、その可能性はきちんと摘《つ》み取っておく。

「――わ、分かりません……何なの……あなた……は――」

「答える意味も価値もありません。何故ならあなたはこれから消滅《しょうめつ》するのですから――あれを撃てば命はないと警告したはずです」

至近距離でティファニエに向けて翳《かざ》した右手に、再び霊素弾《エーテルストライク》が収束を始める。

既《すで》にかなりの消耗があり、残る力はあと僅《わず》かだが――このティファニエだけは、塵《ちり》一つ残さず消し飛ばす……！

「さあ、消え去りなさい……！」

「……そう――ね……」

ティファニエはふうと息を吐《は》いて瞳《ひとみ》を閉じて、身体《からだ》から力を抜《ぬ》いていた。

――最早《もはや》、観念した様子だった。

気を失ったのかも知れない。

どちらでもいい事だが。

「クリス――！」

そこに、頭上から声がした。

星のお姫様号《スター・プリンセス》に乗ったラフィニアである。

イングリスの近くの低空にまで降りて来ていた。

「ラニ。ちょっと待っててね？　後始末を済ませるから――」

「ま、待って……！　やっぱり、その――？」

「うん。倒すよ。この人は危ないから。散々悪い事もしてるし、仕方ないと思うけど？」

「う、うん……でもね――何かクリスの目が笑ってなくて、怖《こわ》いから……ほら、いつもならどんな相手と戦う時も嬉《うれ》しそうにニヤニヤしてるじゃない？　明らかに危ない子だけどそれがクリスらしいから――今みたいに怒りに任せてって、何か違う気がして――」

孫娘のために怒《おこ》ったのだが、その怒りに逆に孫娘が驚《おどろ》いてしまい、泣き出してしまった――たとえるなら、そんな所なのだろうか。

ラフィニアが泣いているわけではないが、イングリスとしては少々ばつが悪い気持ちがした。

と同時に、頭に昇《のぼ》った血はかなり引いたのだが――

とはいえ冷静になったとしても、ティファニエをこのままというわけには行かない。

ラフィニアを殺そうとした相手なのだ。

きっちり止めを刺しておくべきなのは変わらない。

「……あのね、ラニ。わたしだって怒る時は怒るんだよ？　さっきは本当に危なかったんだから――」

「うん。でも――でもね……」

「分かった。笑ってたらいいんだよね？　うふふっ、あなたは万死《ばんし》に値しますので、消えて下さいねっ♪　ほら、これでいい？」

「良くない！　違うわよ！　ほら、倒すにしろこの国の王様に突《つ》き出して、裁きを受けさせてからの方がいいと思わない？」

「時間が経《た》てば、この人は回復して暴れ出すよ？　そしたらわたし達《たち》じゃないと止められないけど――ずっと張り付いてるわけにはいかないでしょ？　これ以上被害《ひがい》が出る前に、倒した方がいいよ。ラティもそう思うよね？」

と、星のお姫様号《スター・プリンセス》の操縦桿《そうじゆうかん》を握《にぎ》るラティに呼びかける。

「ああ――イングリスがいない所で暴れられたら、何人死ぬか分からねえ。そんなのを捕《つか》まえて置いとくのはかえって危険だと思う――」

「ほらね、ラニ。ラティもそう言ってるんだから――」

「う、うん……わかった――やって、クリス……！」

ラフィニアはそう言って、ぎゅっと拳《こぶし》を握り締《し》める。

葛藤《かっとう》があったようだが、イングリスやラティの意見を聞いて、決断をしたようだ。

ただ優しく、甘《あま》いだけでは、騎士としても一人前にはなれない。

こうした決断をする経験も必要だろう。

「うん分かった。ラニ」

イングリスがそう応じた時——

「待てぇぇぇぇっ！　ティファニエ様から離れろぉぉぉっ！」

別方向から、ハリムの声が割り込んで来る。

見上げると機甲鳥《フライギア》に乗ったハリムが、一緒に乗ったプラムに対し、掌《てのひら》に生み出した炎《ほのお》を突き付けていた。

「プラム——！」

「ちょっと何するのよ、あなた！　自分の妹に……！」

「見損《みそこ》なったぜ、ハリム！　何考えてんだお前——！」

恐らく、ハリムはプラムを天上人《ハイランダー》の異空間を生む魔術《まじゅつ》で閉じ込めていたのだろう。

ティファニエの危機を前に、プラムを出してこうしている——という事だ。

「ラティ——！　みんな……！　ごめんなさい——っ！」

プラムは顔を歪《ゆが》ませて、悲痛な声を上げていた。

「何とでも言え！　ティファニエ様はやらせん——！　さあこの子の命が惜しくば——」

「悪手ですね」

ハリムが皆《みな》まで言い終える前に、イングリスはそう断じる。

「ティファニエさんを倒す事の出来る者が——あなたが全く反応できないようにプラムを奪《うば》い取れないと思いますか？　むしろ探す手間が省けました。お礼を言います」

むしろプラムを見せずに、言葉だけで脅《おど》した方が効果はあった。

目の前に見せられたら——力ずくで奪えばいいだけになる。

「ば、馬鹿《ばか》にするな……っ！　さあ早く——っ！」

「では、証明して見せましょう——」

イングリスが霊素殻《エーテルシェル》を発動しようとした瞬間——

ゴゴゴゴゴゴゴゴゴゴ——ッ！

巨大《きょだい》な震動《しんどう》と共に、足元が大きく揺《ゆ》れた。

地震《じしん》だ。それもかなり巨大な——

流石に姿勢を崩しかけて、イングリスもその場に膝を突く。

揺れが収まったら、動いて一気にプラムを取り返す。

そう思って待っていたのだが——揺れは中々収まらない。

「何……!?」

――――ォォォォォォオォオオオオオンッ…………！

何か遠く、唸《うな》り声《ごえ》のようなものも聞こえて来る。

「え……!?　な、何かの声……!?　聞こえた、クリス!?」

「うん……何か、足元の方から聞こえてくるような……!?」

言っている間にも、足元の揺れはどんどん大きくなる。

ドゴオオオオオオオオォォォォオンッ！

イングリス達から少し離れた、街の跡地《あとち》を更に深く抉《えぐ》ったクレーターの中心部。

そこから巨木《きょぼく》――のようなものが、大地を割って突き出して来た。

「えぇぇぇえっ!?　何あれ、大きな、太い尻尾《しっぽ》――!?」

「と、とんでもなくでけえぞ……！　な、何かいるのか――!?」

尻尾の部分だけでも、見上げる程《ほど》に巨大である。

あちこちに研《と》ぎ澄《す》まされた棘《とげ》の生えた形状は、凶悪《きょうあく》そのもの。

そして、表皮の青い鱗《うろこ》は、鏡のような澄み切った美しさでもある。

凶暴《きょうぼう》さと、美麗《びれい》さと――全貌《ぜんぼう》は見えないが、尾《お》だけでも凄《すさ》まじい存在感である。

ラフィニアとラティが圧倒《あっとう》されるのも無理はない。

「な、何だ……!? 何だあれは――!?」

ハリムにもそれは予想外だったようで、驚いている様子だ。

だがそれ以上に一番驚愕《きょうがく》していたのは――イングリスだった。

「な……!? ば、馬鹿な――!? な、何であれがこんな所に……!?」

見覚えがあるのだ。

それも、イングリス・ユークスとしてではなく――

この世界において、どれ程の年月が過ぎ去ったかも定かではない過去の記憶《きおく》――

シルヴェールという名の王国を一代で築き上げた、イングリスという王の記憶だ。

「神竜《しんりゅう》フフェイルベイン――」

イングリス王が天寿《てんじゅ》を全《まっと》うし、イングリス・ユークスに生まれつくまでの時間の経過は定かではないが――

自分にとっては三十年程度前の、つまり晩年に差し掛かった頃のイングリス王の記憶として、その存在ははっきりと覚えている。

この醸《かも》し出す独特の強烈《きょうれつ》な力の波動――見紛《みまが》うはずがない。

晩年のイングリス王が討伐《とうばつ》をした、神竜と称《しょう》される強大な力を誇《ほこ》った竜の一体だ。

竜は神ではないし、神の眷属《けんぞく》でもないが――神にも等しい力を持つという畏怖《いふ》から、人々は特に強大な竜をそう呼んでいた。

現在では小型のものであってもその姿は見かけないし、伝説やお伽話《とぎばなし》の中だけの存在である。

虹の雨《プリズムフロウ》や魔石獣《ませきじゅう》の影響《えいきょう》で滅《ほろ》んだものと思っていたが――

竜と人とは相容《あいい》れない。

お互《たが》いの生息圏《せいそくけん》が重なってしまったならば、滅ぼし合うしかない。

当時はそれが定説であったが、シルヴェール王国辺境に現れた神竜に対し、イングリス王は竜の言葉を聞く事が出来るという巫女《みこ》を通じて話し合いを持とうとした。

しかし、神竜の態度は定説の通りだった。

結果戦わざるを得ず――シルヴェール王国の騎士団《きしだん》には大きな損害が出た。

当時のイングリス王はもう晩年の域。

王の務めを果たし続けていたための修練不足に加えて、加齢《かれい》から来る衰《おとろ》えが隠《かく》せなかった。

結果、単騎《たんき》で神竜を撃破《げきは》する事など叶《かな》わず、多くの部下、自分より若い前途《ぜんと》ある者達を犠牲にして戦わざるを得なかった。

かなり将来有望だった騎士達《たち》も何人も戦死しており、あの時は本当に、衰えてしまった自分を恨んだものだ。

王として、多くの部下達の犠牲を出してしまった事が悔《く》やまれ、そして戦士として、そのような強敵を前に、修練不足と衰えで力を発揮できなかった事が悔やまれる。

そんな苦い記憶だけに、強く印象に残っている。

今のイングリス・ユークスとしての生き方に繋《つな》がる出来事の一つでもあるだろう。

ともあれ多くの犠牲を払《はら》いつつも、イングリス王は神竜をクラヴォイド火山という巨大な火山の地下深くに封印《ふういん》した。

この神竜は強大な凍気の力を持つため、巨大な火山の自然の魔素《マナ》の力を借りて、神竜の力を相殺《そうさい》し、封印をより確かなものにするためだ。

――そう。火山だ。

イングリス王は神竜を火山に封印したのに、何故《なぜ》こんな所にいる。

長い時間が経ち、国名や地名が変わったとしても、巨大な火山まで消え失《う》せるものなのか？

この場所にはつい先ほどまで、リックレアの街があったのだ。

神竜が一度封印《ふういん》から目覚め、別の土地でまた封印されたのだろうか？

それとも、神竜はずっとそのままで、何らかの理由で火山が無くなったのか？

ともあれ、イングリスがかなり深く大地を抉ったとはいえ、こんな浅い場所に神竜がいたのなら、その強大な凍気が土地に流れ込み、周囲を寒冷化させてしまうかも知れない。

それが困るから、イングリス王は神竜と対峙《たいじ》せざるを得なかったのだ。

リックレアだけでなく、このアルカード全体の気候にも神竜の力が影響しているかも知れない。

アルカードはカーラリアから見て確かに北方ではあるが、さらに北にも土地や国はあり、そこは別にアルカード程の雪国ではない。

高い山が多く寒くなりやすい地形というのは確かにあるが――

それ以上に、実はこの地下に埋《う》まっていた神竜が影響を及《およ》ぼしているかも知れない。

それにリックレアが浮上《ふじょう》した跡地に、こんなものが埋まっているのは偶然《ぐうぜん》か？

ティファニエは計画自体はイーベルが立てたものだと言っていたが――

ティファニエはこれを知らなかったように思う。

本人は気を失っているようだが、部下のハリムはこの光景に驚いている。

だがイーベルが何も知らなかったとは考え辛い。

他《ほか》の者には秘密で、何かをしようとしていたのか――

彼が亡《な》くなった今では、知る由も無いが。

――ともあれ確実に言えることが一つ。

イングリス王が生きていた世界と、イングリス・ユークスが生きているこの世界。

それは確実に同じものだという事だ。

この神竜の存在がそれを確信させてくれた。

今までは余りにも見る影《かげ》が無さ過ぎて、同じ世界ではない可能性も疑わざるを得なかったのだ。

そしてもし、神竜が途中《とちゅう》で目覚めていたのなら――

イングリス王が去った後、世界に何があったかを知るまたとない好機である。

イングリス・ユークスに生まれ変わってから、初めて掴《つか》んだ前世の時代への手がかりであると言っていいだろう。

そして、イングリス王が敵《かな》わなかった強敵と相まみえる好機でもある。

そしてもう一つの大切な理由も――

これは絶対に見過ごせない、見逃《みのが》せない。

他の誰《だれ》かに譲《ゆず》るわけにも行かない。

――事情が変わった、と言っていいだろう。

ラフィニアにも止められていた事だし、ここは――方針転換《てんかん》せざるを得ない。

「クリス――？　あれが何か分かるの？」

「ん……？　いや、後で話すね。今は――」

と、ラフィニアに答えてから、イングリスはハリムに向き直る。

「……やはり交渉《こうしょう》に応じる事にしましょう。プラムと、それからあちらの――リックレアに残る生き残りの人々を全《すべ》て返して下さい。そうすれば、ティファニエさんは解放しましょう。人さえ返して頂ければ、浮上したリックレアの街への追撃《ついげき》も行いません。それで、天上領《ハイランド》への面目は立つのでは？」

ティファニエの口ぶりでは、リックレアの街の浮上と天上領《ハイランド》への献上《けんじょう》が作戦目的だったはず。

元々の指揮者のイーベルがこの神竜フフェイルベインの存在をどう認識《にんしき》していたのか、どうするつもりだったのかは謎《なぞ》だが、イングリスの提案した条件なら、あちらの目的も達せられ、最低限の手柄《てがら》にはなるだろう。

「ど、どういう風の吹《ふ》き回《まわ》しだ……!?」

ハリムが戸惑《とまど》ったような顔をする。

イングリスの出した条件は受け入れるに足るもので、それが逆に何かの企《たくら》みを疑わせたからだ。

「別に――いつも力押《ちからお》しばかりなのもどうかと思いましたので」

「「「はぁ？」」」

「…………」

ハリムがそう言うのはまだ頷《うなず》いてもいい。

敵対している勢力の相手なのだから。

だが、ラフィニアやラティやプラムまで、満場一致《まんじょういっち》で首を傾《かし》げる事は無いだろう。

――イングリスは再び、右手の掌に霊素《エーテル》を集中させ始める。

霊素弾《エーテルストライク》の前準備だ。

「すぐに返答を。さもなければ、ティファニエさんを――」

「……！　ティファニエ様っ……!?」

ハリムの顔色が露骨《ろこつ》に変わる。

「……結局力で脅してると思うんですけど――？　それを力押しって言うのよ」

ラフィニアがボソリと言っていたが、イングリスはそれを無視して話を進める。

「さぁどうします？　3――2……1――」

「わ、分かった……！　それでいい！　すぐにリックレアの生き残りも引き渡《わた》そう――」

ハリムは慌《あわ》てて頷き、そして――

◆◇◆

「ラティ王子……！　お助け頂き、ありがとうございます――！」

解放されたリックレアの生き残りの中にはアルカードの騎士《きし》もいたようで、彼等にはラティの素性《すじよう》は容易に見抜《みぬ》かれてしまった。

「王子自ら動いて頂けるとは、何たる光栄――！」

「本当にありがとうございます……！」

「命の恩人です！　このご恩は必ずお返しいたします――！」

熱烈《ねつれつ》な様子な彼等に、ラティは戸惑っていた。

「あ、いや――俺《おれ》はそんなに大した事はしてな――」

と言おうとするラティに、イングリスは遠目から首を振《ふ》って制止する。

ここから先、ラティが前面に出て行かなければならないのだ。

余計な事は言わなくていい。

下手な謙遜《けんそん》や謙虚《けんきょ》さは、必ずしも人々の上に立つ王のためにはならないのである。

とりあえず、あちらはラティに任せておいていいだろう。

プラムも無事に戻って来た事だし、これからだ。

そのプラムだが、先程《さきほど》話を聞いた所では、あの日の夜眠《ねむ》っていたら、気付けばリックレアの街に連れて行かれていたそうだ。

そこにはハリムがいて、ハリム自身もプラムを見て驚いていたらしい。

つまりハリムの手引きではなさそうだという事だ。

それを行ったのは、やはり状況的《じょうきょうてき》にイアンしかいないのだろうが――

プラム自身はイアンを見ていないため、何も分からないそうだ。

だが心配をかけた事を、プラム自身はこれでもかと言う程に謝《あやま》っていた。

結局イアンの目的、行き先は不明なまま――

だが、リックレア方面で姿を見せないという事は、王都方面に向かったのだろうか？

分からないが、今は後回しにするしかない。

目の前に大きなやるべき事があるのだ。

「……これでよかったのよね？」

ラフィニアは、空に遠ざかって行くリックレアの街を見つめながら言う。

「うん。こっちも重要だからね」

イングリスは、跡地のクレーターから突き出た神竜の尾に視線を向ける。

もう、あちらに構っている余裕《よゆう》が無くなったのだ。

今も時々地面は震動し、唸り声のようなものも地下から響《ひび》いて来る。

正直、いつ地盤を突き破《やぶ》って神竜が地上に出て来るか分からない。

「いつ地上に出て来て動き出しても不思議じゃないから──今すぐ戦いになるなら、余力は残しておかないとね」

正直、ティファニエとの闘《たたか》いで相当に消耗《しょうもう》をした。

予想以上の事態だった。

想定してもいなかった攻撃方法だった。

おかげで得たものも大きいが──

あそこからティファニエを消滅させるほどの攻撃を繰《く》り出せば、もはや完全にイングリスの余力は無くなり、すぐには戦えない状況になっていただろう。

ここに神竜がいる事が分かった時点で、ティファニエに止めを刺す選択肢《せんたくし》は消えたと言っていい。

「結局何なの？　これ――？　魔石獣じゃない――わよね？　虹の王《プリズマー》でもないし……」

「竜だよ。多分凄《すご》く古い時代の――ね」

「竜……!?　それっぽい形の魔石獣はいるけど――それとも違うの？」

「うん。あれは要は蜥蜴《とかげ》の魔石獣だからね。これは本物の竜だよ。それも多分、魔石獣で言ったら虹の王《プリズマー》みたいな、最強の存在……きっと単体で言うなら、天恵武姫《ハイラル・メナス》よりも手強《てごわ》いよ」

「……それって、もっと強いのを見つけたから、前の相手は追い払ってこっちと戦いたいって事――!?　はぁ、ほんとクリスは戦う事しか考えてないんだから……！」

と、ラフィニアは呆《あき》れたようにため息を吐く。

「ま、まあ、プラムも生き残りの人達も助けられたから、悪くはないと思うけど……」

「逆に天上領《ハイランド》の指揮官を討《う》ち取ってしまえば、天上領《ハイランド》との関係を決定的に悪化させる可能性もありますし――この方がいいのかも知れません」

レオーネとリーゼロッテが、続けてそう述べる。

確かに、神竜との戦いにも大きな興味はある。

更《さら》に、前世の時代から、この世界に何が起きたかを知る大きな手掛《てが》かりでもある。

そして、更にあえて言うと――

「……まあそれもあるけどね。ところでラニ――知ってる？」

これは、ラフィニアにとっても重要な事である。

「ん？　何を？」

「――竜の肉って、すっごく美味《おい》しいらしいんだよ？」

イングリスがそう言った瞬間《しゅんかん》――予想通りラフィニアの目がキラリと輝《かがや》いた。

「……それは仕方ないわね！」

「『食べる気っ!?』」

悲鳴に近いような、レオーネとリーゼロッテの声がその場に響き渡った。

それは、リックレアを解放に向かう事を決めて、機甲親鳥《フライギアポート》で移動している最中のこと

——

恐らく戦いは避《さ》けられないであろう緊張《きんちょう》する場面だが、ずっと張りつめているのも余計な疲《つか》れを生む。

そもそも、いつも自分の調子を乱さないイングリスと、根が明るくお喋《しゃべ》り好きなラフィニアがいると、そのような空気は長く続かないのだ。

移動中の機上では、普段《ふだん》の調子の雑談が始まる。

「リックレアの解放が出来たら、次は王都の方面に向かうのよね？」

「うん。その前に国境の方の様子を見てもいいかも知れないけどね？　多分、アルカード軍は様子見を続けると思うけど、万が一もあるから」

「……クリスの場合、動き出してくれた方が喜びそうだけどね——？」

「陣地《じんち》に石を投げたら、敵だと思って襲《おそ》ってくれるかな？」

「おいおい止《や》めろよな……！　危ねえだろ――！」

と、ラティが慌てて止める。

「大丈――」

「いや、うちの軍が！　頼《たの》むから止めてくれ……！」

「そうよ。そんな事したら、魔石獣からみんなを守る人がいなくなるでしょ……！」

「なるほど――わたしの心配じゃないと？」

「ああ」

「うん」

ラティとラフィニアは順に頷き――

「「意味ないし」」

その後、二人で声を揃《そろ》えた。

「……大丈夫《だいじょうぶ》だよ？　手加減するから――だからちょっとだけ戦っていい？」

「「ダメ！」」

きっぱりと却下《きゃっか》された。

必死でアルカード軍を止めようと活動したイングリス達だが――

その努力も空《むな》しくアルカード軍はカーラリア領内に侵攻《しんこう》を開始。

やむなくイングリスは彼等を止めるためにその前に立ち塞《ふさ》がる――

というような展開も期待していたのだが、期待してはいけないのだろうか？

「……やっぱり、例のやつを探さなきゃだめかな――」

「例のやつ？」

「イーベル様の研究施設《しせつ》……王都にあるか分からないけど」

「あっ……！　クリスが増えるやつ？」

「うん」

「イングリスが増える……ってどういう事だよ？」

「ほら、イアン君が増えてたやつよ！　クリスってばその設備を探して、自分を増やしたいって――」

「ええええぇぇっ!?　い、イングリスが何人にも――？」

「そ、そんな事を考えていらしたのですか――!?」

「おいおいおい、何考えてんだよ……!?」

「だって、わたしが二人いたら、二人でずっと手合わせできるから効率的だよね？」

武を突き詰《つ》める人生を送って行く中で、重要になるのは強敵の確保だ。

実戦に勝る修行《しゅぎょう》は無いというが、その実戦を自分と極《きわ》めて近い実力で、なおかついつでも提供してくれる相手というのは、いてくれるならばぜひ欲《ほ》しい。

自分を増やす事が出来れば、そういう存在になってくれるはず。

一緒《いっしょ》にどこまでも強さを極めて行きたいと思う。強力な仲間だ。

「そ、それはまずいんじゃないかしら……イングリスが増えたら、アカデミーの食堂の経営的に――」

「校長先生が卒倒《そっとう》しそうですわねえ――」

「それはラニが増えても一緒だから、別にわたしだけが悪いわけじゃないし――」

「あたしは別に増えたくないから増えないわよ！　そんなこと考えてるのはクリスだけよ」

「え？　そう？　便利だと思うけど――？」

「俺は自分が増えるなんて、ぞっとするぜ――なあ？」

ラティの言葉にラフィニアは頷く。

「うん。あたしもそう思うわ。レオーネは？」

「そうね……私が二人いたら、もう一人の子もちょっと辛い思いをするかもだし――」

そんなレオーネの背中を、ラフィニアはばしばしと叩《たた》く。

「大丈夫よ！　あたし達が二倍仲良くするから――！」

「ですわね！」

「ふふっ。ありがとう」

「ですが――わたくしも自分が増えるのは怖いですわね。自分が自分で無くなってしまいそうですもの。イングリスさんは怖くないんですの？」

「わたしはわたしだから――よく似たわたしがいても、強くなればそれでいいかな？」

「……もしイーベルの研究設備を見つけたら本気で増えそうよね、これは――」

「か、かもね――」

ラフィニアとレオーネは頷き合う。

「うーん……もしクリスが二人いたとするでしょ――？　で、この間の不完全体の虹の王《プリズマー》の時とか――」

ラフィニアはひょこんと両手の人差し指を立てる。

それが二人のイングリス役らしい。

イングリスの口調を真似《まね》て、指人形がうねうねと動き出す。

「おお……！　強そうな魔石獣が出た――！　よし戦おう……！」

右のイングリスが声を上げる。

「いや、わたしが戦いたい……！」

左のイングリスも声を上げた。

「いや、わたしも戦いたい――！」

「どうしても？」

「どうしても！」

「ダメ、わたしが戦うの！」

「そっちこそダメ！　わたしが！」

「きー！」

喧嘩《けんか》が始まった。

「いや一緒に戦えよ……二人なら楽勝だろうが」

呆れたように突っ込みを入れるラティ。

ラフィニアが操《あやつ》る二人のイングリスの指人形は、待ってましたとばかりに言い返す。

「「そんな卑怯《ひきょう》な戦い方じゃ、いい実戦訓練にならないっ！」」

「……はいはいそーですか」

「ぷっ……言いそうだわ――」

「クスッ――さすがよく分かっていますわねえ」

笑いを堪《こら》えるレオーネとリーゼロッテ。

「ならわたし達が手合わせして、勝った方があれと戦いましょう」

「そうしましょう！」

「「うおおおぉぉぉぉっ！　どかどかどかっ！　ばきばきばきっ！」」

「いやいやそんなことしてる場合か――!?　虹の王《プリズマー》出て来てるんだろうが……！」

「うわあぁぁぁぁっ！　虹の王《プリズマー》が止められないっ！　ちゅどーんちゅどーんちゅどーんちゅどーん！」

これは街の人達の悲鳴と崩壊《ほうかい》して行く街らしい。

「あれ……？　気づいたら街が無くなってるね？」

「そうだね？　どうしたのかな――？」

最後に、指人形のイングリス二人が首を傾げて終わった。

「……こういう事ね！　間違《まちが》いないわ――！」

ラフィニアは何故か誇らしげに胸を張る。

「ま、まずいわね……！」

「本当にこうなりそうで恐《おそ》ろしいですわね――」

「だな……イングリスが二人いると、1＋1が2にならなくて0になるんだな……」

「失礼な……！　わたし達はラニの従騎士なんだから、ラニがいたらちゃんと守るよ……！　こんな風にはならないから、絶対」

「……今のシーンで、王都にあたしがいなかったら？」

「――うふっ♪」

「……クリス。否定できてないわよ……！」

「で、でも大丈夫だよ、三人に増えたらいいんだよ。そうしたら一人余るから、余った人が何とかするし――」

「……つまり2で割り切れる数だと0になって、割り切れないと1になる、という事ですわね」

「イングリスが増えても、全然戦力が増えないわね――」

「敵と戦う権利を巡《めぐ》って、仲間割れが始まるからね……増えるのは戦力じゃなくて食費だけよ……！　全く世のため人のためにならないわよね」

「だってわたし達は世のため人のために生きてないし――」

自分は自分のために生きるのだ。

それが、イングリス・ユークスの生き方である。

イーベルの施設でイングリスが増えたとして、増えた別のイングリスは別人格であるため無理強《むりじ》いはしないが、皆自分のために生きて欲しいものだ。

「仮にも騎士アカデミーの生徒が、堂々と言わないの！　あたしはそうだから、付き合わせるからね……！」

「ラニが言うなら別にいいよ？　ずっと昔からそうじゃない」

「言ったわね？　じゃあ世のため人のためにあたしがやる事は、協力してくれるのね？」

「うん。当然だよ」

「じゃ、イーベルの施設を見つけても、増える事は禁止します！」

両手で大きくバツを作って見せるラフィニア。

「えええぇっ……!?」

「それが世のため人のためだから！　以上！」

「ううう……っ!?　そ、そんな──」

こうして、ラフィニアの手によって、世界を襲おうとしていた恐怖は取り除かれた──のかも知れない。

あとがき

まずは本書をお手に取って頂き、誠にありがとうございます。

英雄王、武を極めるため転生すの第五巻となります。楽しんで頂けましたら幸いです。

もう一年以上色々大変な状況ですが、皆様いかがお過ごしですか？

僕のほうは前巻でも少し触れましたが、かなり本業の方が忙しくなってしまって、小説の方にかけられる時間が激減していました。

世間はこんなに大変で、仕事がないと困っている人も多いのに、別世界かの如く滅茶苦茶忙しかったです。疲れが全然抜けない感じです。

やはり兼業作家は安定して負荷の少ない本業あってのものですね。

もう年齢的にも若くはないですし、これが続くと体力的にもきついので、出来れば専業作家になりたいなぁとかデビュー九年目にして初めて思いました。

出来るなら好きな事だけやって生きていたいですからね。

でもそれはそれで不安も多いですし、とりあえず何かあっても大丈夫なように少しでも不労所得を得られるようにしておきたい……！　という事で、投資とか始めてみようかなあと思ったり思わなかったり。とりあえずちょこちょこ動画とか見て勉強中です。

そういう知識を身に着けたら、作品づくりにも何か役に立つかな、とか思いますし。

僕は本業SEですけど、その知識というか考え方は、割と作品に活きていると思っています。プログラムをデバッグするのと同じ要領で、小説のストーリーとか設定もデバッグ出来るというか。

つまり作中イングリスの思考が色々バグっているのは計算……！　という事です。

現状の作品全体としては、計算の所も計算外の所も色々ありますが。

それでは最後に担当編集N様、イラスト担当頂いておりますNagu様、並びに関係各位の皆さま、多大なるご尽力をありがとうございます。冬装備クリス可愛いです！　こちらの原稿が遅れたり、色々お願いしてしまって済みませんでした。

また、くろむら基人《もと》様によるコミカライズ版も2巻が発売されますので、よろしくお願いします！　僕も毎回連載の更新を楽しみに見させて頂いていますが、終始クオリティが高く、面白くて凄いです。

こっちも頑張らないと、という気にいつもさせて頂いています。

それでは、この辺でお別れさせて頂きます。

次巻予告
アルカードの天恵武姫ティファニエとの
激しい戦闘の余韻も冷めやらぬ中
地下深くより姿を現したモノ――
神竜フフェイルベイン
前世のイングリス王とも
浅からぬ縁を持つその神竜を前に
イングリスは決意する。

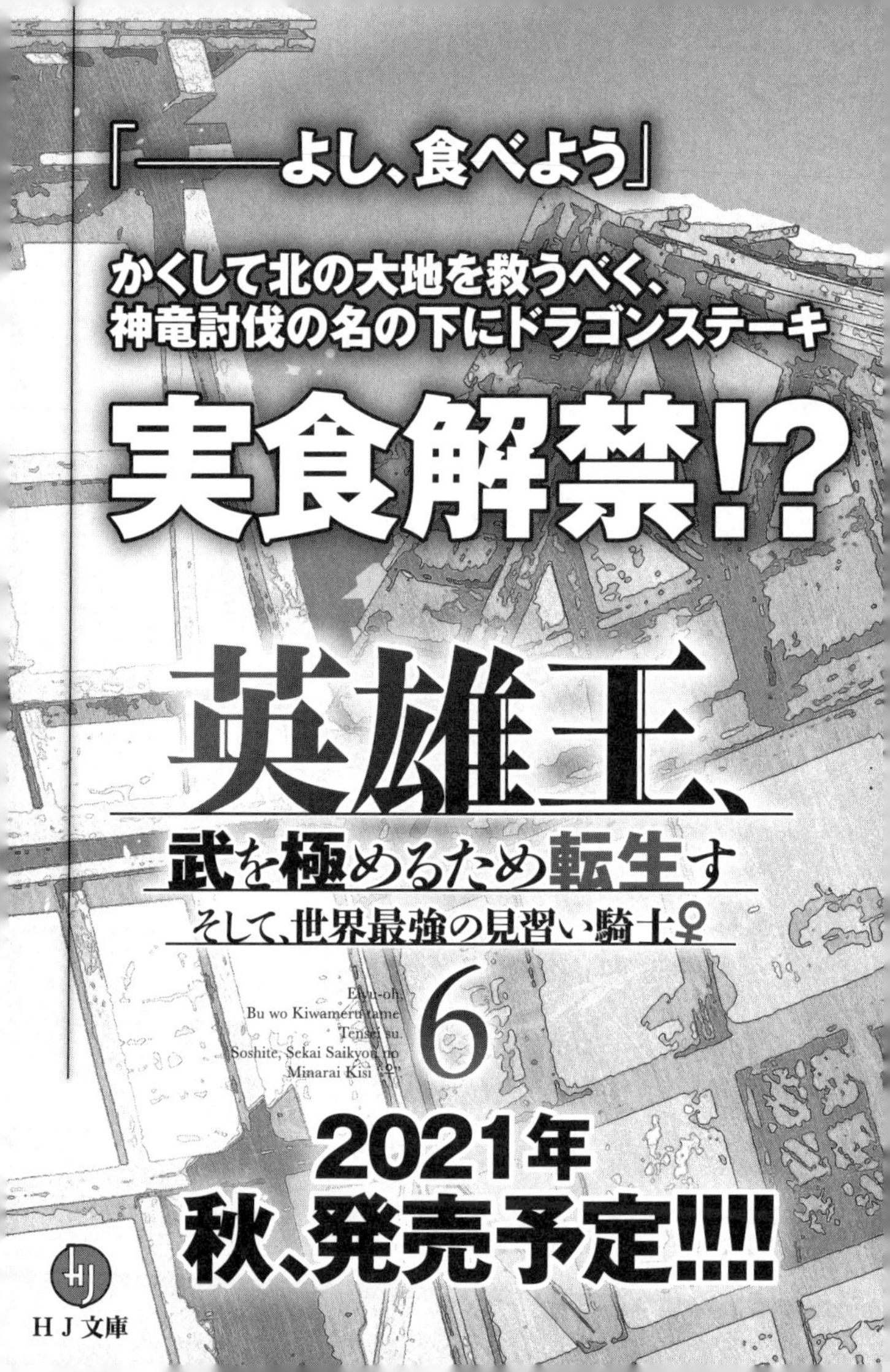
「――よし、食べよう」
かくして北の大地を救うべく、
神竜討伐の名の下にドラゴンステーキ
実食解禁!?
英雄王、
武を極めるため転生す
そして、世界最強の見習い騎士♀
Eiyu-oh,
Bu wo Kiwameru tame
Tensei su.
Soshite, Sekai Saikyou no
Minarai Kisi ♀
6
2021年
秋、発売予定!!!!
HJ文庫

HJ文庫 http://www.hobbyjapan.co.jp/hjbunko/
932

英雄王、武を極めるため転生す ～そして、世界最強の見習い騎士♀～ 5

2021年5月1日　初版発行

著者――ハヤケン

発行者―松下大介
発行所―株式会社ホビージャパン

〒151-0053
東京都渋谷区代々木2－15－8
電話　03(5304)7604（編集）
　　　03(5304)9112（営業）

印刷所――大日本印刷株式会社

装丁――BELL'S GRAPHICS／株式会社エストール

Printed in Japan

ISBN978-4-7986-2479-2　C0193

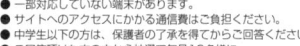